나에게
준
선물

나에게 준 선물

1판1쇄 발행	2025년 2월 25일
지은이	이숙희
발행인	이선우
펴낸곳	도서출판 선우미디어

등록 | 1997. 8. 7 제305-2014-000020
02643 서울시 동대문구 장한로 12길 40, 101동 203호
☎ 2272-3351, 3352 팩스: 2272-5540
sunwoome@daum.net
Printed in Korea ⓒ 2025. 이숙희

값 15,000원

ISBN 978-89-5658-789-9 03810

나에게 준 선물

이숙희 수필집

선우미디어 sunwoomedia

즐겁지도 않고 우울하지도 않은 노년의 일상은 고요하고 평화롭습니다. 무한 경쟁 시대에 아무것도 할 줄 모르는 것이 오히려 어디에도 매이지 않게 했습니다.

나의 추억만을 쓴 글로 문학성이 없다면, 단순하고 소박한 삶과 절제된 생활의 흔적이라 변명합니다. 묵은 풍경을 숨길까 말까 망설이다가 못난 글을 내놓습니다. 모진 평가도 각오합니다.

인생 후반을 안내해 주고 제 마음 헤아려 애정으로 이 책을 허락하신 이오순 선생님께 무한한 감사를 드립니다. 수필집을 상재해 주신 선우미디어 대표님, 긴 시간 함께 한 김포문학산책 문우님들, 조용히 응원해 준 언니 오빠들, 나의 보물 조카들 고맙고 사랑합니다.

글의 소재가 되어준 미안하고 고마운 나에게 이 책 한 권 내밀며 처음으로 진솔하게 한마디 하고 싶습니다.

"나 이렇게 살았노라고!"

2025년 2월
저자 이숙희

차례

저자의 말

chapter_1 연필

chapter_2 작은 것의 힘

chapter_3 알면 사랑하게 된다

chapter_1

연필

보름달

날이 아직 다 어두워지기도 전이다.

창밖 가까이 나지막한 건물 위로 주황색 보름달이 눈이 부시게 떠오른다. 음력 7월 보름달이다.

마음이 가난한 자의 소박한 집 작은 창으로 그림자 하나 만들지 않은 채 거침없이 쏟아져 들어오는 달빛에 온 마음을 내맡긴다.

고요하고 순한 달빛에 취해 있다가 문득 아름다운 조명에 남향으로 벽면 전체가 커다란 통유리로 되어있는 저 집에도 달빛이 들어가려나? 혹시, 달빛이 화려한 불빛에 기가 죽어 창밖에서 서성이고 있으면 어쩌나? 별걱정까지 다하고 있다.

저 보름달을 보면서 멀리 있더라도 함께 보고 싶은 사람을 찾는다. 오늘 밤에도 생각나는 몇 사람에게 문자를 보냈다. '달이 밝으니 한번 쳐다보라고. 달이 오늘 밤 우리 집에서 자고 갈 것 같다고…'

시공을 초월해 함께 달을 보며 잠시라도 사색의 시간을 가져 보자는 뜻이었다. 그런데 내 생각과는 한참 달랐다. 누구는 달이 없다고, 누구는 내일을 위해 어서 주무시라는 답이 왔다. 이렇게 황홀하고 교교한 달빛을 그대로 두고 초저녁부터 잠을 자라고 한다. 저토록 찬란한 달을 그냥 보내라니. 아, 나 혼자 마음뿐이었구나.

그런데 한 사람, 재치 있는 말로 무안한 내 마음을 조금 달래 주었다.

"오늘밤 달과 함께 동침하세요. 아무에게도 소문내지 않겠습니다."

나는 그 말을 믿고 달을 우리 집에서 재웠다. 시골에서 보던 달, 남산도서관 계단에 앉아 바라보던 그런 달이 아니다.

나는 언제부턴가 달을 보며 텅 빈 마음도 채우고 외로움도 달랜다. 마음속 어지러운 것들을 달에게 다 털어놓는다. 달은 세월에 빛이 바랜 기운 없는 나를 노란 보자기로 곱게 싸안아 다시 꿈꾸라는 듯 생기를 부어주곤 했다.

오늘 밤 달빛으로 서로의 마음을 이어보는, 그런 사람이 없다는 사실이 한없이 쓸쓸하다. 순하디순한 저 달과 함께 상념에 잠기다 보면 세파에 찌든 마음이 깨끗이 씻기는 기분을 어찌 모르는가.

이제 저 달은 예쁜 눈썹달이 되어 낮에도 떠 있다가 다음 보름날 다시 내 창으로 찾아올 것이다. 그때 이번 한 달 동안을 어떻게 살았나 물어보련다.

시골 비, 도시의 비

밤에도 더위가 식지 않는다. 밖의 창문까지 모두 열었더니 비 오는 소리가 요란해 잠은 더욱 멀어진다. 달리 무슨 소리라도 섞여 있는지, 할 일 없이 귀를 기울여 본다. 시끄럽기만 할 뿐, 별다른 느낌은 없고 옛 시골집에서 소나기 쏟아지던 날의 정경이 눈 앞에 펼쳐진다.

버섯 같은 초가지붕 처마 끝에서 떨어지는 빗방울이 허연 거품을 일으키면서 졸졸 토방 아래로 흐른다. 어른들은 거품이 많으면 비가 많이 오겠다는 것을 경험으로 알던 시절 이야기다.

하루 이틀이면 다 마를 고추를 마당에 널어놓았다. 비구름이 몰려와 하늘이 깜깜해지는 줄도 모르고 놀다가, 투두둑 챙이(키)에 콩 구르는 소리에 놀라 마당으로 뛴다. 고추를 바구니에 담을 틈도 안 주고 쏟아지는 소낙비에 급히 멍석을 말아 치덮고 헛간으로 끄집어들이느라 젖 먹던 힘을 보탠다. 그런데 다급히 비설거지를 하면서도 왜 그렇듯 웃음이 나왔던가. 서두르지 않는다고 엄마에게 지청구를 들으면서도 자꾸만 웃음이 삐져나왔다.

빗방울이 더욱 굵어지면 장독 뒤 넓적하게 휘늘어진 파초 잎에서는 콩 튀는 소리가 나고, 절구통 옆에 누워있는 빈 양철통에서는 서툰 사람이 멋도 모르고 두들기는 깨진 꽹과리 소리가 났다. 빨래도 하고 허드렛물로 쓰려고 처마 밑에 받쳐둔 물통은 퐁퐁거리며 제법 물을 채웠다. 장독 뚜껑마다 빗방울이 방향 없이 튀고 우물가 넓은 놋 세숫대야가 징징 타악기로 변했다. 마당에 걸려있는 커다란 가마솥 뚜껑에서는 금속성이 큰 몫을 한다. 실로 꿰매어 쓰다 엎어둔 깨진 바가지는 작은 북 소리로 장단을 맞추었다. 마당 끝에 서 있는 커다란 감나무 잎에 비가 내리면 웅성웅성 두런두런 여자들의 우스갯소리처럼 정겨웠다. 그렇게 갖가지들이 비와 어우러져 합주할 때면 감나무 꼭대기에서는 매미 한두 마리도 노래를 불렀다. 참으로 볼만한 풍경이었다.

농촌의 한바탕 소나기는 고단한 농부들의 가슴을 시원하게 했다. 땡볕을 못 이겨 늘어져 있는 식물들이 목을 축이고 살살 고개를 들면 들판은 다시 새파랗게 물이 든다. 시골 사람들은 말한다. 비는 고맙고 소나기는 재미있고 안개는 그날 할 일을 준비하게 한다고. 우장을 쓰고 마당으로 들어선 늙은 머슴은 흙범벅이 된 까만 고무신을 벗어 비 쏟아지는 마당 가운데 철퍼덕 던져놓는다. 멀찌감치 떨어진 한 짝에는 물이 뽀글뽀글 넘치고 뒤집힌 한 짝은 타닥거리며 바닥까지 저절로 씻긴다. '나는 마를 날이 없구나!'라는 고무신 투덜거리는 소리가 빗소리에 섞여 들리는 것만 같았다. 마당 한구석 닭장에서는 암탉이 비가 들이친 둥지에 앉아 꼬옥꼬옥거리고, 일없는 소는 막 끓인 소죽을 먹느라 숨소리가 요란했다.

빗소리 하나에도 감성이 일렁이던 고운 추억을 두고 더 무슨 기억을 더듬으랴. 비는 똑같이 내리는데 시골집에서 듣는 빗소리는 마침표 없는 음악이었다. 빗줄기가 굵을수록 소리는 더욱 흥겨워지고, 한바탕 퍼붓고 난 비가 가늘어지면 북과 꽹과리가 먼저 숨을 돌리고 여운을 남기면서 음악 소리는 서서히 잦아들었다.

그때는 몰랐다. 왜 시골의 빗소리는 생각만으로도 정겨운데, 도시에서 듣는 빗소리는 이렇듯 우울하고 쓸쓸한지. 앞마당 아스팔트 위, 자동차 위에 떨어지는 비는 타향에서 겪은 외로움과 쓰디쓴 삶을 자꾸만 되새기게 한다. 장마가 지나가는 길목에서 아파트 뜰에 내리는 비는 한밤중 뒤척이는 나를 더 괴롭게만 한다. 앞 베란다에 길게 세워진 굵은 플라스틱 물통으로 밤새 쏟아지는 물소리는 오직 소음일 뿐이고 무섬증까지 불러온다.

다시 들을 수 없는 비가 들려주던 음악과 부족함 속에서도 정이 넘치던 삶의 모습이 생생하다. 지금도 자연이 들려주는 정겨운 리듬을 정확하게 이해하거나 느끼지 못한 채, 오직 소리만으로 그리워할 뿐이다.

잠을 빼앗긴 한밤중에 가만히 일어나 비가 들려주던 음악 소리를 글 속에 불러 놓고 감상한다.

간장에 비친 얼굴

지금쯤 고향 언덕 덤불 속에는 쑥이 움트고 있을지 모른다. 꽃과 잎, 열매를 각 계절에 다 주고 남은 빈 가지에서 다시 새싹을 예비할 시기다. 이맘때면 느끼는 병적인 한기는 처음 겪었던 생의 위기였다. 생각만 해도 불안과 외로움, 두려움까지 어김없이 엄습해 온다.

45년 전쯤 어느 해였다. 온 마을에 무서운 독감이 번졌다. 엄마, 아버지, 나까지 자리에 눕고 말았다. 내가 서른 살이 되던 해 정월 초, 아버지는 이미 병환 중이셨고 몸이 약하신 엄마는 열흘을 넘기지 못하고 홀연히 떠나셨다. 갑자기 닥친 환경과 아버지의 위중으로 내 가슴은 끝을 모르게 무너져 내렸다.

성긴 겨울비가 내리는 속에 엄마의 4일장을 치르자마자 유독 눈에 띈 것이 있었다. 엄마가 간장을 담으려고 준비해 둔 굵은 메줏덩이였다. 엄마가 도닥도닥 만들어 마루 가운뎃줄에 세워 둔, 일 년 동안 우리 집 입맛을 책임질 것들, 느닷없이 안주인을 잃고 뒷방으로 쫓겨나 엎어지고 뒤집힌 채로 숨을 죽이고는 내 눈치를 보고 있었다.

간장은 꼭 정월에 담아야만 맛나다고 했다. 그해가 부모님이 결혼한 지 50년이니, 엄마가 쉰 번째 담을 간장을 살림을 모르는 내가 처음 담가야 했다. 독감의 후유증과 엄마를 여읜 충격도 잠시 잊을 만큼 나에겐 기막힌 일이다. 낙심하여 주저앉을 겨를이 어디 있을까. 엄마가 안 계신다고 이 중대사를 생략할 아버지도 아니다.

그믐이 다가온 어느 날이다. 방에서 링거를 맞고 계신 아버지가 오늘은 간장 담을 말(馬)날이니 일찍 서두르라고 하셨다. 그 말씀은 졸지에 엄마를 잃고 쓰러지려는 내겐 벼락 치는 소리로만 들렸다. 한 번도 간장을 담아본 적이 없는 분별없는 막내라는 것도 아버지께는 상관이 없다. 언니 오빠들은 모두 자신의 삶을 위해 총총히 도시로 떠나버린 황망한 집이다.

엄마 곁에서 겨우 잔심부름이나 하던 손이고, 힐끔힐끔 보는 둥 마는 둥 하던 눈이고, 이런 일은 전혀 배우고 싶은 생각조차 없던 나였다. 대바구니에 소금을 담고 두레박으로 물을 퍼 올려 부어가며 소금을 녹여 가라앉혔다. 마침 엄마가 메주 열일곱 개만큼 풀어야 할 소금을 따로 준비해 두었고 메주도 깨끗이 씻어 말려 두었기에 그나마 가능했다.

두근거리는 가슴을 걷잡으려 해도 자꾸 손이 떨렸다. 쌀 두세 가마

니들이 두 개의 항아리에 하나하나 메주를 안쳤다. 이를 지켜보고 계신 아버지의 무서운 눈과 서툰 내 모양새가 뒤엉켜 메주는 돌덩이만큼 무겁기만 했다. 바가지로 조심스럽게 물을 붓자 소금물 속에서 엄마가 보이고 아픈 아버지도 나도 어룽거리며 메주와 함께 동동 떠올랐다. 아버지가 시키신 대로 숯덩이랑 붉은 고추, 솔잎을 띄운다. 자꾸만 목구멍이 뜨거워져 입이 마르도록 몇 번이나 침을 몰아 삼켰다. 어설픈 내 손놀림과 동작 하나하나를 지켜보신 아버지의 말씀이 쟁쟁하다.

"간장은 일 년 농사니 잘못되면 안 된다. 다 익을 때까지 장독대 근처에는 누구도 접근하지 못하게 해라. 치성을 드리듯 정성스레 간수해야 한다."

엉겁결에 하루가 다 걸려 일을 마쳤다. 잔뜩 긴장했던 몸에 힘이 풀려 땅바닥에 주저앉아 한참을 일어나지 못했던 나, 생각만 해도 다시 소름이 돋는다. 날씨에 따라 몇 번씩 하늘을 보고 간장 뚜껑을 열고 닫으며 날이 갔다. 달고 맛난 간장이 되기를 빌며 애태우던 그 심정을 누가 알까.

잘 익은 새 장맛을 보신 아버지도 석 달쯤 지나 엄마를 따라가셨다. 정신을 차릴 새도 없이 산소에는 풀이 돋아나고 새가 울었다. 엄마가 그토록 좋아하시던 수선화는 더더욱 노랗고, 산비둘기는 우리 집 사연을 아는지 목이 잠기도록 울었다. 날마다 산소에서 두 봉분을 쓰다듬고, 나락이 익고 눈발이 날릴 때까지 엄마의 그림자와 발자취를 따라

돌며 반 정신으로 지냈다.

난생처음 짧은 기간에 두 번이나, 그것도 부모님의 주검을 보았다. 상을 치르고 간장을 담고 졸지에 집안일을 도맡았다. 평생 잊지 못할 삶의 한 조각은 긴 세월이 지나도 빠져나가지 않고 가슴에 새겨져 있다. 앞으로 이보다 더 크고 어려운 일은 없을 것이다. 무서울 것 두려울 것도, 잃을 것, 손해 볼 것도 없다. 무엇이 족한 것인지 삶이 얼마나 쓰고 매운 것인지, 외로움은 어떻게 견디는지, 엄마도 돌아가신다는 걸 알게 되었다.

눈앞에 닥친 일은 그렇게 지나가고, 가진 것 없는 맑은 마음이 들꽃처럼 살게 해 주었다. 햇볕을 쬐라고 열어둔 장독에 까치발을 하고 들여다보면 간장에는 구름 한 조각과 내 얼굴이 보였다. 그때마다 엄마는 장맛이 좋을수록 예쁘게 보일 거라고 하셨다. 그런데 그해엔 한 번도 들여다본 기억이 없다.

간장을 담는 일은 부모님을 잃은 절망 외에 또 다른 하나의 사건이었다. 어떻게 이겨내고 이만큼 담담하게 살아졌을까. 아버지 말씀처럼 장맛이 좋아서였을까? 아니면 한 해의 중요한 일에 정성을 다한 덕에 하늘의 기운이라도 따라주었는가. 그때의 짜디짠 기억이 엄마와 아버지의 모습처럼 지금은 맑은 추억으로 익었다.

모든 음식에는 간이 들어가야 하듯 엄마는 간장 같은 존재였다. 소금 같은 엄마의 삶이 생각나고 보고 싶을 때면 별난 생각을 해본다.

한 번 더 간장을 담아서 잘 익힌 항아리를 들여다보고 싶다. 행여 보고 싶은 그때의 엄마 얼굴을 그대로 볼 수 있을지.

끝내 단행하지 못한 세월에 정월은 또 오고, 엄마 나이를 훌쩍 넘었어도 기억 속의 시간은 흘러가지 않는다.

'엄마, 그해에 간장이 맛있었어요.'

연필

나무로 깎은 복주머니 모양의 통에 볼펜이 어수선하게 꽂혀있다. 정리하려고 모두 꺼내어 보았다. 오래되어 써지지 않은 것, 뚜껑이 열려 말라버린 매직펜도 골라냈다. 언제부턴가 편리한 볼펜에 밀려서 있는 줄도 몰랐던 연필 두 자루도 있었다. 심이 닳고 부러진 채 초라해진 연필을 다시 써 볼까 하고 챙겨두었다. 정리를 끝내고 면도칼을 찾아 연필을 깎는다.

고운 주황색의 각진 모양은 글씨를 쓸 때 손으로 잡기에 딱 알맞다. 얼마나 오래 사용하지 않았으면 느낌이 이렇게 새삼스러울까. 나무 색깔도 반쪽은 진갈색이고 반쪽은 연하다. 칼이 너무 잘 들어 조심스럽다. 깎아진 부분이 일정하고 연필심 길이도 적당히 깎기가 쉽지 않다. 얇게 깎인 나무가 둥글게 말리며 풍기는 은은한 향을 오랜만에 맡는다. 손에 힘이 너무 들어가지 않게 정성을 들여 깎았다. 다음은 심을 알맞게 갈아야 한다. 싸그락싸그락 정겨운 소리와 함께 특유한 냄새가 둔해진 감성을 자극한다. 정신이 잠시 흐트러졌나, 심이 그만 툭 부러져 버린다.

별거 아닌 것 같은 연필 깎는 일도 쉽지 않은 것을 보면 거친 세상사는 어떻게 헤쳐왔을까. 깎는 수고와 부스러기를 치우는 번거로움이 일상을 살아가는 것과 다르지 않다. 이런저런 생각에 두 번 깎는 시간이 지루하지 않았다.

잘 깎여진 연필을 들고 가운데 심을 유심히 본다. 심을 싸고 있는 나무는 내 몸뚱이고 심은 마음의 중심 같다. 중심을 잘 잡고 살지 않으면 부러져 쓸 수 없는 연필처럼 삶도 그 자리에 멈춰 설 때가 있다. 살면서 중심이 무너진 때가 있었다. 다시 세워보려고 침을 묻혀가며 눌러쓴 글씨 같은 마음으로 성심을 다해 고생을 자처했다. 한동안 모자란 대로 부러진 자리를 한 칸씩 메꾸어 왔다. 다시 느슨해진 마음엔 또 힘이 들어가 중심은 더 큰 소리를 내며 부러졌다.

연필심 갈아내듯 실수와 욕심을 깎아내면서 다잡았던 마음이었지만, 기회를 잃은 나이에는 힘겨운 날이 이어졌다. 잘 못 깎은 연필처럼 삶의 모양새가 울퉁불퉁 곱지 않은 때가 있었다. 연필은 손에서 가지고 놀기만 해도 마음이 편하고 심심하지 않다. 가까이에 종잇조각만 있으면 반드시 무엇인가를 쓰거나 그린다. 동그라미를 그려서 눈 코 입을 그려 넣으면 엄마 얼굴이 되었다. 이름도 써 보고 주소도 쓴다.

아는 사람들의 이름까지 줄줄이 쓰다가 누구와 나와의 이야기, 슬프고 기쁜 일, 옛날과 지금이 두서없이 이어진다. 나중에 보면 글도 이야기도 아니지만, 일단 연필은 많은 말을 남긴다. 혼자서는 움직일 수 없지만 잡기만 하면 손을 잡아 이끌어 자기의 존재를 알리는 힘이 있다.

연필 글씨는 오래된 흑백사진처럼 희미해서 좋다. 눈에 잘 띄지 않고 작은 힘에도 부러지는 것이 삶에 서투른 나를 닮아서인지 정이 들게 한다. 흔적을 남기고 싶지 않은 성격이다. 항상 조심하지만 잘되지 않아 늘 걱정한다. 요즘은 조금 변하고 있다. 연필의 본성으로 흔적을 남기고 싶은 충동이 있다. 심이 부러질까 조심하며 중심이 무너질까 긴장하면서도 연필 끝에 달린 지우개가 보인다.

어차피 지워질 수밖에 없는 이야기를 마음속 지우개를 믿어 실수의 날들을 남겨보기도 한다. 나무와 지우개 사이를 꼭꼭 눌러 연결한 은색 철은 두 개의 나를 이어놓은 다리다. 흔적을 남기고 싶은 나와 지우려는 나. 지우개가 작은 이유도 궁금하다.

스스로 지금 무엇을 하고 있는지 항상 의식하며 살라고 연필은 자꾸만 내 손안으로 들어온다. 종이를 스치는 스윽스윽 소리가 너무 정겨워 시를 써 볼까, 편지를 써 볼까. 낙서만 하다가 끝난다.

연필심 끝에 담겨있는 수많은 글과 말, 소리, 희망도 들어있어 함께 즐거운 날들을 보내고 싶지만, 가는 곳마다 못난 자국을 남기지 않도록 주의해야겠다고 다짐한다. 볼펜은 아는 것도, 가진 것도 많은 강자와 같다. 연필은 부족하지만 조용하고 소소한 일상을 즐거움으로 아는 약자의 인생처럼 한층 평온하게 느낀다. 부러지고 닳았어도 향기를 풍기며 다시 깎고 갈아지는 수고를 참을 수 있다. 중심은 잘 잡지 못해도 순하고 감성적인 연필 같은 사람이면 좋겠다. 둔한 내 손을 이끌어 서투른 글씨로 말과 글을 쓰게 한 연필을 하루에 한 번씩 깎을 수 있기를 바란다.

희미하고 잘 부러지며 깎아야 하는 것이 연필의 흠이지만, 어리숙한 나의 세상살이 같은 연필을 왜 한동안 멀리했을까. 초등학교 운동회가 있는 날, 달리기에서 언제나 일곱 번째였지만, 그래도 열심히 달렸다고 상품으로 받은 연필 두 자루에 감격했던 기억도 새롭다.

몇 년 전부터 연필화를 무척이나 배우고 싶었다. 미완성인 듯하며 그림자 같은 고요한 느낌에 늘 마음이 쏠렸다. 무슨 이유가 그리도 많았던지 끝내 시작도 못 했다. 날이 갈수록 핑계는 더 늘어나더니 이제는 정말 할 수가 없다. 아직도 아쉬움은 남아 연필 두 자루를 책상 위에 두고 손등에서 빙빙 돌려보는 시늉을 하다가 멀리 튀어 나가 버린다. 닳아서 짧아진 연필처럼 끝이 보인 세월이 할 수 없는 것은 하지 말고, 할 수 있는 것만 하라 한다.

고개 숙인 사진

나이 먹어 가는 것이 꼭 나쁜 것만은 아니다. 품위 유지비가 부족해도 이제는 일할 수 없으니 놀아서 좋다. 점점 갈 곳도 줄이고 조금은 쓸쓸하고 한가한 생활로 거의 도시 속의 자연인으로 익숙하게 살아간다. 더러는 공짜도 있고 자리도 양보받는다. 예전엔 들을 수 없었던 '어르신'이 되어 가끔은 넘친 대접에 쑥스러울 때도 있다.

어느 곳에서 문화카드 한 장을 받았다. 나이 들어 집에만 있으면 우울증 걸리기 쉽고, 건강에도 좋지 않으니 이 카드로 책도 사서 읽고 영화도 보고 사진도 찍으라 한다. 고마운 일이다. 다른 곳에는 쓸 수 없고 오직 문화생활에서만 사용이 가능한 카드다.

그동안 책을 서너 권 사고 영화도 보고 잔액을 아껴놓았다. 일 년 안에만 쓰면 되는 줄 알았더니, 사용기한이 아직 많이 남아 있는데 빨리 잔액을 다 쓰라는 독촉을 받았다. 생각 끝에 사진이나 한 장 찍어

둘까 생각하고, 걷다가 자주 지나다니던 길에 있는 사진관 앞에서 걸음이 멈췄다.

예전부터 사진을 찍는 것도, 찍히는 것도 좋아하지 않는 성격이다. 여권이나 증명사진 말고는 내 손으로 찍어 본 적이 거의 없고, 여기저기서 다른 사람에 의해 찍힌 것뿐이다. 카드도 있겠다, 이참에 한 번 찍어 볼까 하고 평소 나답지 않게 사진관으로 들어갔다.

사진 하나 찍으러 왔다는 나를 본 사진사는 왜 화장을 안 했냐며 저기 거울 앞에 가서 예쁘게 화장하란다. 부스스한 머리라도 쓰다듬어 보려고 거울 앞으로 갔다. 화장할 생각도 없거니와 그곳에서 어찌 화장하겠는가. 사실 그날도 아침에 화장하고 나갔다. 초여름 날씨에 벌써 정오가 훨씬 지났다. 하는 둥 마는 둥 서투른 화장에 손수건으로 이리저리 땀을 닦은 얼굴이니 사진사가 제대로 본 것이다.

그냥 찍어 달라고 하니 맨얼굴로 사진 찍으러 오는 사람 처음이란다. 생각 끝에 그렇다면 맨얼굴이 조금만 보이게 고개를 숙이고 찍겠다고 했다. 사진사는 고개 숙이고 사진 찍는 사람은 또 처음이라며 고개를 숙이고 찍을 바엔 사진은 뭐 하러 찍느냐고 되묻는다.

그건 내 사정이다. 일단 내가 고개를 숙이면 한번 찍어 보시라고, 예쁘지 않아도 탓하지 않겠다고 간신히 설득하여 사진기 앞 의자에 앉았다. 얌전한 모습으로 앉아 꼴 보기 싫은 사람 외면하듯, 고개를 한쪽으로 약간 돌려 숙였다.

사진사가 사진기를 들여다보더니 "어, 괜찮네!" 하며 그대로 가만히 계시라 했다. 한 동작으로 가만히 있는 것이 얼마나 어려운가. 목은 아프고 얼굴은 경련이 일어나려 하는데 뭘 하는지 셔터 누르는 소리가 들리지 않았다. 한참 후 찰칵찰칵 두 번을 찍었다. 두 번 할 일은 아니었다.

잘 나왔다고 컬러, 흑백 두 가지로 하라기에 알아서 하시라고 했다. 메일에 넣어줄까요? 또 물어서 그러시라 간단히 대답했다. 카드의 잔액을 없애기 위한 목적이므로 사진에는 별 관심이 없었다. 와서 보라기에 자세히 들여다보니 고개를 조금 더 숙여도 될 뻔했다.

"이렇게 찍어도 좋네요."

사진사가 몇 번이나 같은 말을 했다.

"그러기에 왜 화장하라 난리를 하세요?"

사진사가 언제 난리를 했느냐고 해서 함께 웃었다. 인화까지 몇 장 해 주더니 카드 잔액이 모자랐다. 엉뚱한데 돈을 쓰고 사진관을 나오며 돈이 아깝기도 했고, 생각할수록 우습기도 했다.

다음 해 가을, 내 신세타령을 쓴 글 한 편이 어느 문학잡지에 실리는 일이 벌어졌다. 사진을 보내라 했다. 사진이라곤 없으니 두말할 것도 없이 고개 숙인 그 사진을 보냈다. 만약 사진관에서 메일에 넣어주지 않았다면 달리 보낼 방법조차 몰랐을 것이다. 사진사는 예감이 있었나 보다. 얼굴이 잘 안 보이니 다시 보내라 하면 어쩌나 은근히 걱정했는데 받는 쪽에서 다행히 아무 말 없었다.

두 달 후, 책이 집으로 왔다. 내 글 앞에서 볼품없는 약력도 아랑곳없다는 듯, 무심하게 고개를 숙인 채 내 글을 대변하고 있었다. 몇 사람에게 책을 주었다. 글은 읽어 보지도 않고, 약력에 대한 말도 없고 사진에만 관심이 집중되었다. 표정이 좋다느니, 어디서 찍었느냐, 스냅이냐, 왜 고개를 숙였느냐, 심지어 어느 분은 두고두고 필요할 때마다 프로필 사진으로 쓰란다. 어찌 생각하면 자존심이 상할 수도 있는 말이었다.

그동안 다른 사람들과 함께 찍은 사진이 몇 장 있다. 나 때문에 사진이 엉망이었다. 그 사진들이 얼마나 보기 좋지 않았으면 고개 숙인 사진을 두고두고 써먹으라 할까 싶지만, 고개 숙인 얼굴에 도도한 고집이나 나만의 고요한 여유를 읽은 것이라 믿고 그러겠다고 대답했다. 언제 사진 필요할 날이 다시 있기나 할까.

카드 잔액을 없애려고 그럭저럭 찍은 사진 한 장, 늘 자신 없는 삶이었으니 사진을 찍을 때도 다소곳이 고개를 숙인 나다. 그러고 보니 책에 실린 글과 사진이 닮았다. 무심히 취한 한순간의 자세에서도 지난 세월과 성격이 묻어나다니….

쓸쓸함이 엿보이는 사진으로 어설프나마 수필의 소재로 삼을 수 있는 것은, 주어진 모든 걸 받아들여 녹이며 한적한 노년을 즐기는 일상에서 나온, 나만의 어떤 믿음 아닐까 생각한다.

벚꽃의 시간

아주 짧은 기간에 삶과 죽음을 보여주는 꽃, 하루 이틀 사이에 최고의 화려함으로 사람들의 사랑을 받는 벚꽃이 올해는 더 일찍 피었다가 지고 말았다.

연둣빛 잎이 제법 무성하게 팔랑거리는 4월 말경, 공원에서 큰 벚나무 둥치 중간쯤에 잎도 없이 꽃 한 송이가 피어있는 것이 눈에 띄었다. 놀랍고 반가워 너는 왜 아직 여기에 있냐고 다가갔다. 어쩌다가 이렇게 늦게 피었냐고, 앞만 보고 말을 걸어 보다가 앞으로 쏠리듯 걸음이 멎었다. 가는 계절이 얼마나 아쉬웠으면 늦둥이 한 송이를 피워 아직도 제 계절이라고, 꽃이 있을 때만큼은 우리의 시간이라고 온 힘을 다하여 봄을 붙들고 있는 나무. 오늘 가장 아름답고 슬프고 연약한 풍경 앞에서, 봄 여름 가을을 허망하게 다 보내고 찬 바람 부는 겨울을 애처롭게 붙들고 있는 나를 본다.

바람이 지나간다. 어린 꽃은 아직 떠날 수 없다고, 엄마가 여기 있으라 했다고. 작은 꽃잎을 하늘거리며 버티는 모습에 나까지 덩달아 불안하다. 안타까운 마음에 바람이 지나갈 때까지 그 자리에 서서 나와 벚꽃 한 송이를 번갈아 보고 있었다. 황홀한 철쭉 사이에서 숨은 듯 보이지 않게 봄을 붙잡고 있어 봤자 얼마나 버틸 수 있을까. 볼수록 안타깝다.

고운 잎으로도 맘껏 뽐낼 수 있는 여름 한 철이 있으련만, 잎이 어디 꽃만 하겠느냐고 앙탈 부린 듯한 모습이 안쓰럽고 귀엽다. 근처에는 하늘 높이 솟은 메타세쿼이아가 꼭대기까지 푸르러만 가고, 공원을 단장하느라 색색의 한해살이 꽃이 곳곳마다 수를 놓고 있다. 저 작은 꽃에 어느 누가 눈길 한번 주겠는가.

내일도 또 올 게. 꼭 여기에 이대로 있어야 돼. 무슨 시인이라도 되는 양 꽃처럼 예쁜 마음으로 집에 와서 일기예보를 보았다. 내일 약하게 비가 뿌리다가 오후부터는 바람이 분다는데. 한 송이 벚꽃에게는 불안한 날씨다. 꽃잎이 어른거려 잠을 설쳤다.

일기예보가 딱 들어맞은 다음 날 갑자기 일거리가 생겨 공원에 가지 못했다. 종일 궁금했다. 이틀 후 아침 해가 떠오르자 서둘러 나갔다. 그 꽃에게로 곧장 갔는데, 그랬는데, 꽃이 없었다. 바닥에도 보이지 않았다. 바람은 그 어린 것을 어디로 데리고 갔나. 얼마나 버티다가 갔을까. 낮에 갔나. 아니 밤에 갔나. 봄을 놓친 빈손으로 울면서 떨어졌나. 웃으면서 날아갔는가.

벚나무 주변을 한참 서성이다 발길을 돌렸다. 슬퍼서가 아니다. 금방 초록으로 우거질 나무와 벚꽃이 다시 필 내년 봄, 나의 겨울 사이를 맴도는 꽃샘바람 같은 마음이 그 벚나무 아래를 떠나게 했다.

갈림길

지금 내가 살고 있는 것은 기적일지도 모른다. 누구든 위험에 닥친 일이 한 번쯤 있을 수도 없을 수도 있다. 나는 유독 생명과 직결된 아슬아슬한 일을 여러 번 겪었다.

어린 시절 시골에서 살 때다. 뭉게구름 뜨고 별 총총한 밤이 그림책이고 돌멩이와 흙이 장난감이었다. 입은 언제나 무엇이 먹고 싶던 어느 봄날 이웃 또래와 아침부터 삐비를 뽑으러 나갔다.

우리 집 바로 옆 나지막한 동산 아래 주인 없는 넓은 무덤은 봉분이 낮고 잔디가 좋았다. 우리 엄마 푸새한 빨래 널기 좋고 나물도 널어 말렸다. 누군가의 산소는 우리의 놀이터였다. 일찍부터 그곳에서 삐비를 찾아다니는데 왼쪽 발이 따끔했다. 내려다보니 작은 뱀이 물고 있었다. 발을 탕 굴러 뱀을 쫓았는데 얼마 후 그 자리에서 쓰러졌다.

함께 간 친구는 내가 쓰러진 이유를 알지 못한 채 우리 집으로 달려가 내가 죽었다고 했단다. 엄마가 내 몸을 살피다가 왼발이 벌겋게 부은 걸 보았다. 엄마는 축 늘어진 나를 업고 시오리를 달려 한의원으로 갔다. 난 이미 어느 한 부분도 움직임이 없었다.

한의사는 뱀에 물린 것을 직감하고 치료를 하며 깨어날 수도 아닐 수도 있으니 기다려 보자고 했다. 엄마의 속이 까맣게 타들어 갈 무렵 내가 깨어났다. 갈 때는 아침이었는데 집으로 돌아올 때는 이미 밤이었다.

이후 별 탈 없이 커서 중학교에 갔다. 신작로와 산길을 수십 리 걸어 통학했다. 흙먼지 속에 어쩌다 빈 트럭이라도 지나가면 통학생들은 앞을 가로막고 태워달라고 애원했다. 어느 날 맘씨 좋은 운전사가 남녀 학생 아홉 명을 태우고 높은 산모퉁이를 돌고 있었다. 이쪽저쪽으로 쏠리며 운수 좋은 날이라고 좋아하던 차에 트럭이 낭떠러지로 굴렀다.

나는 멀리 날아가 추수가 끝난 빈 논바닥으로 떨어졌다. 놀랍게도 벼 포기에 긁힌 자국뿐 멀쩡해 맨발로 동네로 뛰어가서 소식을 전했다. 차에 탔던 학생들은 소나무에 걸려 찢기고 돌에 부딪히고, 중상에다 두 명이나 죽었다. 이후로도 우리는 또 트럭 앞을 막았다. 날은 어둡고 배는 고프고 지난 일을 기억할 겨를이 없었다.

이렇게 졸업하고 서울로 갔다. 서울 학교는 시골 학교보다 정말 재미가 없었다. 기다리던 겨울 방학이 되어 집에 갔다. 개학을 넉넉히 앞두고 아버지와 함께 서울로 가다가 전주에 사는 사촌 오빠 댁에서 하룻밤을 묵게 되었다. 꼭 필요한 돈 한 푼도 못 얻어 오는 길이라, 그 오빠에게 용돈이라도 몇 푼 받을까 봐 내심 반겼다.

우리 집 전체보다 큰 방에 연탄난로가 피워져 있었다. 아버지와 초등생 조카와 내가 그 방에서 잤는데, 아침에 보니 나만 죽어있었다고 했다. 연탄가스를 마신 것이다. 아버지는 내가 완전히 죽었다고 관을 사러 나가시고 오빠는 의사를 불러왔다. 아직 숨은 완전히 끊어지지 않았으니 기다려 보자는 의사 말에 관 배달을 미루는 사이 내가 나흘 만에 깨어났다. 일주일 후에 간신히 서울로 가 개학 날은 깨질 듯 아픈 머리로 학교에 갔다.

뜨거운 어느 여름 아버지께서 서울에 오셨다. 다음날 흑석동에 사는 친척 집에 중요하고 급한 편지를 전하고 오라 하셨다. 그렇게 높은 동네인 줄 몰랐다. 연분홍과 흰색으로 장미꽃이 어우러진 실크 원피스를 입고 높은 구두를 신고 나섰다. 이십 대 초반, 처음으로 옷을 갖춰 입어 본 날이었다. 주소를 본 사람마다 더 올라가라고 했다. 골목을 헤매다 덤프트럭 한 대가 자갈을 잔뜩 싣고 가파른 길에 위쪽을 향해 서 있었다. 마침 그 뒤가 그늘이었다. 그 트럭 뒤에 바짝 붙어 서서 땀을 식히며 한참을 쉬고 있었다. 해가 기우는 오후라 마음이 급했다. 주소가 적힌 쪽지를 보며 트럭 그늘을 벗어나 막 한두 발짝 차 옆으로 나오는 순간 트럭이 아래쪽을 향해 쏜살같이 내달렸다. 물에 젖은 자갈을 내 머리부터 예쁜 원피스를 적시며 쏟아붓고는 저 아래 있는 '담배'라고 써 붙인 작은 가게 안으로 돌진해 들어갔다. 거꾸로 구르는 트럭을 망연히 내려다보며 서 있던 모습이 지금도 생생하여 소름이 돋는다.

올해 많이 아팠다. 새삼 이런 일들이 생각나 글로 쓰고 보니 한 편의 글에 너무 많은 이야기를 썼다. 남겨놓으면 언젠가는 또 쓰게 될까 봐 무리를 했다. 기억 속에서 사라지지 않아 지금도 트럭이나 연탄을 보면 그때가 떠오른다. 이런 걸 운명이라 하는지, 슬픈 일도 기쁜 일도 아니면서 왠지 가끔 애잔하게 가슴을 적실 때가 있다.

몇 번이고 끊어질 듯 이어진 명줄로 어떻게 살았어야 했나, 살아있음에 감사하고 좋은 일 많이 해야 했다. 한순간의 귀중함을 모르고 엄벙덤벙 살다가 아무것도 이루지 못했다.

이런 일로 지금의 내가 이렇게 멍청한 것이라고 철석같이 믿고 산다. 내가 똑똑하지 못한 것은 연탄가스 때문이야, 뱀 때문이야, 이런 이유라도 있어 다행이라 여기며 태평하지만, 가끔은 지난 세월이 만들어낸 오늘을 찬찬히 들여다본다.

사방을 둘러보다가 무심코 하염없이 걸어와 보니 어언간 서쪽 끝에 와있다. 노을이나 닮았으면 좋겠다. 언젠가 아는 분한테 겪었던 이런 이야기를 한 적이 있다.

"너 진짜 오래 살겠다."

어쩌면 은근히 이 말에 기대어 살고 있는지도 모른다고 생각하니 오늘 하루의 짧은 햇살도 애석하다.

한 줌 흙의 가르침

화분에서 지렁이가 한 마리 나왔다. 살아있는 흙이구나! 참으로 반가웠다. 최근 어느 농장에서 캐다 파는 봄나물이 농약 범벅이라고 절대로 먹으면 안 된다는 뉴스를 본 적이 있다. 그곳의 흙은 온전해지기위해서 지금도 몸살을 앓고 있을 것이다.

땅은 자연이고 고향이다. 어머니 같고 삶의 희망이고 보람이다. 흙이 손발이나 옷에 묻은 것쯤 아무렇지도 않던 때, 먼 옛날부터 우리네삶의 터전이었다.

지금 모든 식물이 대지를 뚫고 나왔다. 태양과 습기와 보이지 않는기운에 힘입어 활기차게 솟아나지만, 그 뿌리가 박혀 있는 곳이 어디인가. 싱그러운 연초록으로 하늘을 덮고 있는 높은 나무를 쳐다본다.하늘과 짝을 이룬 땅을 내려다보니 그리운 시절이 떠오른다.

어릴 때는 장난감이 없으니 바꿈살이 할 땐 흙이 밥이고 풀이 김치였다. 맨발로 달리던 학교 길, 볍씨를 뿌리려고 매끈하게 다듬어놓은 못자리며, 덩이 흙 하나 없이 몽근 밭고랑에서 고구마 순을 놓을 때 맨발의 그 간지러움을 지금도 잊지 못한다. 병든 닭을 황토 굴에 넣어 두면 삼 일쯤 지나면 홰를 치며 뛰쳐나왔다.

아마 현대인들이 황토방을 좋아하는 것과 연관있는지도 모른다. 배 고픈 시절이라 아무 밭에서나 무를 뽑아 대충 흙을 털고 흙 묻은 손으로 들고 먹어도 탈이 없었다. 길을 가거나 일을 하다가도 힘들면 땅바 닥에 그냥 앉아도 괜찮았다. 거부감 없이 친했던 흙이 이 시대에는 대 지의 모든 생물에게 위협이 되고 있다.

작은 씨앗 하나에 수백 배로 키워 우리에게 베푼 것은 지구상에 흙 말고 또 있을까. 어떤 오물도 외면하지 않고 받아들여 정화 시키고 기 름지게 만들어 아낌없이 내주어 만물을 살려주는 땅이다.

모든 물은 흙이 흡수하여 토양층을 통과시켜 맑게 걸러 지하수가 된 다. 사람들은 아무 생각 없이 그 물을 먹고 살아왔다. 이제 지구가 몸 살이 났으므로 먹는 물도 귀한 몸이 되어가고 있다. 문명의 발달과 사 람들의 욕심으로 위태로운 지경까지 왔다. 지구를 둘러싸고 있는 대지 가 워낙 넓고 깊어 그 위험을 느끼지 못할 뿐이다. 생명을 가진 온갖 것들은 다 사라지지만 영구히 남아 지구를 지키는 흙을 감사함으로 보 존하며 살아야겠다.

아스팔트와 시멘트로 덮인 길을 걸었다. 실처럼 작은 틈새로 민들레가 뚫고 나와 천연덕스럽게 샛노란 꽃을 피웠다. 독한 화학성분 아래에서도 민들레를 밀어 올린 흙의 위대한 힘이라니. 쪼그리고 앉아 한참을 들여다보는 나의 존재가 티끌처럼 느껴졌다. 노력에 거짓이 없듯 무엇에도 속임이 없는 흙에서의 배움이야말로 참된 공부라 하겠다.

살아온 날보다 살아갈 날이 많지 않은 나에게도 앞마당에 손바닥만 한 땅이 있었으면 좋겠다. 채소나 꽃모종 몇 개 심어 흙을 벗 삼아 살고 싶지만 몸과 주어진 환경이 허락하지 않는다. 한때는 농사일을 경시했던 내가 지금은 흙을 그리워한다. 집안에 화초를 심는 것은 왠지 논밭의 것과는 느낌이 다르지만, 도시에서는 화분의 한 줌 흙도 소중하다. 흙에서 많은 교훈을 얻는다. 저항하지 않고 정직함을 배워 아래에서 세상을 바르게 배울 수 있을 흙을 무척 좋아한다.

최근, 판문점에 잘생긴 소나무 한 그루가 심어졌다. 백두산 용서의 흙과 한라산 화해의 흙이 함께 섞여 소나무 뿌리를 덮었다. 한강의 물과 대동강의 물이 평화를 기원하며 합쳤다. 다시는 무너지지 않아야 할 자유의 물이 되어 소나무 아래 부어졌다.

흙과 물은 둘이 아니라고 생각한다. 분단의 지점에 상징물로 생명이 있는 나무를 심어 손을 잡았으니, 가장 겸손한 흙 속에서 깊고 튼튼히 뿌리내리기를 바란다. 신뢰의 세상은 평화로워야 하고 함께할 때 크게 이룰 수 있다는 것을 흙은 우리에게 가르쳐준다.

언젠가는 나도 우리 어머니 아버지를 품고 있는 본향의 땅으로 돌아가겠지. 그때 한 줌 고운 흙이 되어 온전한 겸양의 자세로 그 자리에 풀 한 포기 키워낼 수 있기를 바란다. 지금의 삶에서 보람을 느꼈듯 다른 한 세상에서도 감사하며 살 수 있으리라.

안개

자동차로 안개 속을 달리는 기분이 가물가물하다. 짙은 안개가 출발 전부터 운전하는 조카를 긴장시켰다. 조심은 운전하는 사람이 할 일이다. 나는 그저 가을 안개에 흠뻑 젖어 자연이 만들고 있는 차창 밖 그림 감상에 정신이 팔렸다. 눈길이 가는 곳마다 뽀얗게 흐린 산이 부드럽고 안개를 뚫고 나온 단풍은 가을이 깊어 가고 있음을 알린다.

오래 걸리지 않고 춘천에 도착했다. 그곳 이탈리아 식당이 낯설었지만, 늦은 점심은 금방 색다른 즐거움으로 바뀌었다. 공지천이란 곳으로 갔다. 한 가족이 동물 모양의 작은 배를 타고 한가롭게 계절을 즐기고 있다. 안개에 싸인 산은 잡히지 않을 듯 멀고, 가까운 산의 색색의 나무는 마지막을 장식하느라 바쁘다. 사라지기 때문에 더욱 아름답지만, 나무의 나이만큼 잎도 떨어졌겠지. 새봄에 다시 올 약속을 하면서 단풍 이전의 초록도 보라는 듯, 가을 이전의 계절까지 어른거린다. 나무 아래서 즐거워하는 조카의 세 살짜리 딸과 고운 풍경이 어우러져 가감 없는 작품 사진이다.

다음 의암호로 갔다. 산그늘이 내려앉은 곳은 깊고 햇빛 반사되는 산의 색은 눈이 부시다. 낮게 깔린 골안개는 산과 물의 경계를 지웠다. 하늘과 산, 물이 하나가 된 그림 속에서 내가 놀고 있다. 의암호를 끼고 도는 드라이브 길을 구불구불 달렸다. 함께 있어 더욱 어우러진 산과 강, 물길 따라 산이 움직이는지 산이 그 자리에 있어 물이 흘러가는지, 둘이 아니면 만들어지지 않을 자연풍경이다.

분명 물이면서도 땅에 흐르지 않고 공기처럼 가볍게 산을 덮고 있는 안개, 단풍이 너무 메마르지 않고 적당한 습기로 곱게 물들도록 돕고 있는 듯 안개가 이렇게 황홀감을 주는지 처음 느꼈다. 그날 밤 언니와 한방에서 잠을 자 보는 것이 얼마 만인가. 늘 잠이 깊지 않은 나는 조카 집에서 하룻밤을 편히 보냈다.

다음날 조카는 소양강댐으로 안내했다. 안개는 많이 걷히고 사납지 않은 둥근 봉우리들이 드러났다. 빨간색이 많지 않은 단풍이 색깔 자랑하지 않고 온 산을 덮었다. 아직 초록이 많은 골짜기, 작은 나무 하나가 바위 절벽 낭떠러지에 힘겹게 생을 붙잡고 있다. 안쓰러워 보이지만 그 자체로도 신선의 경지처럼 보인다.

맑은 소양강에 또 하나의 가을 산이 산그림자와 함께 거꾸로 담겨있으니, 그대로 한 장의 산수화다. 물은 흐르고 싶지 않은지 고요하다.

강 가까이 내려갔다. 넓적한 돌로 경사지게 둑이 쌓여있다. 큰 돌 사이
사이 여러 모양의 작은 돌이 빈틈을 채우고 있다. 아무리 크다 할지라
도 작은 것과 어울리지 않으면 제 할 일을 다 할 수 없다.

돌 위에 앉아 가까운 곳의 나무들을 눈에 담고 있는데 붉은색과 노
랑 사이에 곱지 않은 색의 나무 한 그루가 눈에 들어온다. 어쩌면 꼭
내 모습 같아 오래도록 눈을 떼지 못한다. 못생긴 나무나 나도 쇠락의
길은 마찬가지인가 보다. 작은 돌이 큰 돌을 받쳐 주고 누런 잎이 빨강
노랑을 너무 튀지 않게 잘 섞었다. 서로 어울려지는 모습이 사람 사는
세상 그대로다. 나무도 돌도 함께 살아야 한다는 걸 알고 있다.

춘천에서 꼭 먹어야 한다는 막국수로 점심을 먹었다. 춘천의 가을을
마음속에 새기고 그곳에서 사는 조카네의 인사를 받으며 언니와 둘이
서 김포공항행 리무진을 탔다. 차창으로 내다보이는 들판의 곡식들이
가뭄에도 아직 잘 버티고 있다. 밭둑 여기저기 억새꽃이 반쯤 비낀 석
양을 받아 순수한 빛으로 반짝인다. 듬성듬성 피어있는 코스모스가 우
리를 배웅하는지 쓸쓸하게 손을 흔들어 준다. 잘 익은 나락이 손길을
기다리며 푹 숙인 고개도 고마워 보인다.

혹독한 더위와 가뭄을 이겨낸 가을 작물에서 농부의 떳떳한 땀방울
의 보람이 넉넉하기를 바란다. 원색의 단풍을 보여주는 맑은 산보다
안개에 살짝 덮인 산이 호기심이 있어 좋다. 보이지 않는 것과 작은
것이 가지는 의미가 세상을 차지한 보통 사람들의 삶을 보듯 마음이

편하다. 안개에 곱게 싸인 단풍, 눈에 새겨진 신비한 자연풍광을 말로
도 할 수 없는데 하물며 글로 표현하다니, 그건 흘러가 버린 구름 모양
그리기다. 쓰지 않는 것만 못하지만 그래도 몇 줄은 써야 한다.

　춘천은 사계절이 다 좋다고 일 년에 네 번은 꼭 오라는 조카 부부의
고마운 인사가 아직 귓가에 쟁쟁하다. 돌아오는 길에서는 안개를 볼
수 없었지만, 안개에 덮인 가을 산의 풍경은 오래도록 지워지지 않을
것이다.

아무것도 안 하기

활동반경이 점점 좁아져 간다. 겨우 산책이나 하고 병원, 교회나 마트에 가고 복지관 한 번 다녀오면 그럭저럭 한 주일이 지나간다. 어쩌다 약속이라도 있으면 몇 차례 미루다가 가까운 곳으로 정한다. 시간이 얼마나 걸리든 하루에 한 가지 일밖에는 몸뚱이가 허락하지 않는다. 어제는 아무것도 안 했고, 오늘은 쉬고 내일은 놀 것이고…. 뭐 이런 식이다. 이러다 보니 집에 있는 시간이 많지만 절대로 낮에는 눕지 않으려 애를 쓴다. 손에 잡히는 대로 읽는 게 시간 보내기는 더할 나위 없이 좋다.

어디에선가 '경전을 읽으면 일하는 것이고 잡지를 읽으면 쉬는 것이다.'라는 글을 보고 머리가 번쩍했다. 일하는 책은 모르겠으나 쉬는 책은 나에게 있을 것 같다.

어느 해 뜨거운 여름날, 더위에 못 견뎌 무작정 집을 나서서 책방으로 갔다. 이리저리 두리번거리는데 유독 긴 제목을 달고 있는 책이 눈에 띄었다. 어느 구석에 앉아 슬쩍슬쩍 넘겨 읽다가 문장에 홀려 그만 사고 말았다. 쉬면서 읽고, 놀면서도 읽고, 아무것도 안 하며 읽고 밤에도 낮에도 읽었다. 어려울 것도 없고 생각할 것도 없고 울 것도 웃을 일도 없는데, 읽으면 그냥 편하다. 지금까지 가지고 있는 근심 걱정 같은 것은 안 해도 될 것 같다.

한 번도 이루어본 적 없는 성공, 받아본 적 없는 열렬한 환대, 느껴본 기억 없는 환희…. 이런 것들에 나는 아무런 의미를 두지 않게 되었다. 남에게 인정받을 필요를 느끼지 않고 세상에 부러울 것 없어지는 위안을 받는다. 그러다가 지난해, 그 작가의 두 번째 책이 출간되었음을 알았다. 사지 않을 수가 없다. 먼 책방까지 달려가 또 샀다.

첫 번째 낸 책은 먹고살기 위해 어쩔 수 없이 쓰면서도 쫄딱 망할 줄 알았는데, 이렇게 많은 사람이 공감할 줄 몰랐단다. 그만큼 많이 팔렸다는 뜻이다. 자기 합리화라고 욕도 많이 들었다니….

이룬 것이 없으면 노력해야지 무슨 행복이나 논하고 있느냐는 비아냥도 들었다. 틀린 말도 아니라서 변명도 못 하고 우울하게 지내다가 번뜩 몰랐던 사실 하나를 깨달았으니, 바로 자기 합리화에 재능이 있다는 것. 이 말처럼 나도 지금 활동반경이 좁아지는 합리적 이유를 말하고 있는 게 아닐까. 이 작가는 자기 합리화로 돈을 벌고 있는 셈이라고 한다. 자기 합리화를 재능이라고 하는 말에 왠지 가슴이 약간 떨림을 느낀다. 나만 이러는지 모르겠지만, 평범하게 산다는 것이 쉽지 않아서 항상 잘못된 자리에 서 있는 듯했다.

작가는 다른 사람을 도저히 따라갈 수 없어 저절로 특별한 삶이 되었다. 나 역시 특별한 능력 없어 옆으로 밀려 다른 사람이 앞서가도록 비켜서다 보니 조금 별난 삶이 되었다고나 할까.

책을 읽어가며 둔해서 힘들기만 한 머리를 푹 쉬는 중이다. 책 두 권을 아무 데나 굴려놓고 힘들거나 어려운 숙제 같은 일이 생기면 집어 읽는다. 놀다가 지칠 때면, 쉬다가 심심하면, 아무것도 안 하다가 무료하면 읽는다. 조금씩 안고 사는 자잘한 고민거리가 해소되며 슬며시 얼굴에 미소가 번지고 있음을 느낀다.

누군가 지금 이 글을 읽고 제목이나 작가를 궁금해하는 사람이 있을지도 모른다. 힘들게 쓴 귀한 글을 쉬는 책, 편한 책으로 생각한 건 어디까지나 나 한 사람의 부족한 견해일 뿐이다. 누구나 똑같은 생각을 할 리는 만무하기에 작가와 글을 존중하여 제목이나 저자를 밝히지 않으려 한다. 누구는 이 책을 경전처럼 일하듯 읽을 수도 있을 것이다. 그러니 어떤 것에도 겁내지 않는 나의 삶의 태도가 책의 내용을 온전히 공감하기에 부족할 수도 있어 한 편의 가벼운 산문으로 끝내려 한다.

알 수 없는 건, 밑줄이 어떤 책보다 많이 그어졌다는데 놀랐다. 쉰다면서 편하다고 하면서 수없이 밑줄을 쳤으니 역설적이 아닌가. 편하게 쉬면서 읽은 책이라 해도 평범한 이야기만으로는 드라마가 될 수 없듯이, 이 책 역시 수필로서 작가의 인생 이야기가 구구절절 담겨있어 공감하는 부분마다 밑줄을 그었나 보다. 나에게는 분명 일하는 책은 아니다. 작가도 내용도 모르는 채 오직 제목에 이끌려서 샀으니 나를 편하게 해 준 좋은 선택이 되었다.

좁아지는 생활반경 덕분에 이런 책을 만날 수 있었으니, 별로 사용해 본 적 없는 '행복'이란 단어도 서슴없이 쓴다. 인생 별거 아니라고 스스로 결론지으며 자유로울 수 있어 정답 없다는 인생에서 답을 얻은 듯한 나. 이 글을 마무리하고는 또 한동안 놀고 쉴 생각에 수박 한 통을 끓이고 졸인다. 시원하게 마시는 수박 차의 맛은, 한가함을 즐길 줄 아는 사람만이 맛볼 수 있으니 놀고 쉬는 멋 또한 최상이다.

나에게도 자기만족의 재능이 있는 게 아닌가 생각하니, 아무것도 안 해서 가벼운 오늘의 일상에 불만 같은 것은 있을 수 없다.

연꽃 앞에서

　나에겐 최악의 계절이다. 폭염에 습기까지 더한 날씨다. 더위를 이기지 못해 여름에는 먼 길 떠나는 일은 생각도 못 한다. 그래도 연꽃은 철 지나기 전에 봐야 한다고 몇 사람과 오후에 길을 나섰다.

　내가 사는 김포지만 정확한 지역은 모르겠다. 상상외로 넓은 연지蓮池가 있다. 시든 잎 하나 없이 가슴속까지 차오르는 듯한 초록의 벌판에 우선 눈이 편하다. 웬만한 눈병은 자연치유라도 될 듯 시원했다. 풀이 무성한 언덕을 사이에 두고 붉은 연밭 옆으로 단아한 백련밭, 아직 꽃이 없는 밭, 그 너머로도 연꽃밭은 이어져 있다. 햇볕이 내리쪼이는데 연잎에는 아직 버리지 못한 물방울 하나가 숨을 죽이고 담겨있다. 언제 굴러떨어질지 아슬아슬해 보여 가슴을 조이며 발길이 멎는다.

　이 연꽃밭은 관광지로 꾸미지 않은 것 같다. 끝이 보이지 않을 만큼 넓은 연밭에 우리 일행 외엔 한 사람도 없다. 많이 알려져 사람 많은 곳보다 한가로워 연꽃을 감상하기엔 더없이 좋았다. 어디에도 앉을 곳 하나 없어서 조금 불편했지만 푸른 언덕을 걷기만 해도 마음은 상쾌한 느낌이었다. 쉴 수 있는 자리도 간단한 먹거리를 파는 곳도 없어 사람이 많이 모일 수 있는 관광지로 만들어 놓지 않는 연밭 주인 마음이 궁금했다.

아직 햇볕이 남아 있는 시간이라 꽃들은 조금 오므린 채다. 꽃망울의 모양도 참 여러 가지다. 붓처럼 길고 뾰족한 것, 반쯤 벌어진 아기 주먹 닮은 것, 떨어진 꽃잎이 다른 꽃 모양으로 잎 위에 얹혀 있는 것, 꽃잎을 다 떨구고 깔때기 모양의 큰 씨주머니 주위로 살랑거리며 퍼져 있는 노란 수술들. 아직 철이 이르지만, 벌집 모양의 구멍에 여린 씨를 담고 있는 것도 한두 개 솟아있다. 연잎은 행여 씨가 떨어질까 합장하듯 받치고 하늘을 향해 기도하고 있다.

연은 살아생전 사람을 변화시킬 만큼 수많은 이치를 가르쳐준다고 한다. 씨에서 뿌리까지 식용으로 약용으로 이로움을 준다는 유익한 연이다. 연잎 틈 사이로 잠잠히 가라앉은 맑은 물에 손바닥만 한 하늘이 떠 있다. 그 하늘 속에 나를 비춰 본다. 나도 세상도 이렇게 맑은 구석이 있어 슬기롭게 아래에 머물러 사는지도 모른다. 이 순간만이라도 빈 마음으로 연꽃 앞에 서 있는 것은 고마운 일이다.

한없이 숙연해진다. '나는 때 묻지 않아. 시끄러운 세상 한가운데서도 고요할 줄 알고, 사람들의 무서운 경쟁심에서 멀리 떨어져 살 줄 아는 지혜도 있다고. 혼자 걷는 언덕에서 연이 되어보고 싶어 이렇게 속으로 중얼거려 본다. 보는 심정에 따라서는 고운 연꽃 빛깔도 가슴 저리고 연잎 위의 위태로운 한 방울의 물도 눈물로 보인다. 연蓮의 품은 뜻이 깊다 하지만 마음속까지 주름 잡힌 칠십 노경老境의 쉽지 않았던 인생에도 얼마나 많은 눈물방울이 있었겠는가.

조금 오므린 봉오리에서 꽃잎 하나가 아래로 척 늘어져 있다. 먼저 벌어진 꽃잎과 내 눈이 마주친다. 나에게 무슨 말을 해 주고 싶은가. 순간 발걸음을 멈추고 가만히 귀를 기울인다. 무엇 한 가지라도 배워야 한다. 땅에서 돋아나는 식물 어느 하나도 흙을 묻히고 나온 것은 없다. 연꽃 역시 진흙 속에서 피어오르지만, 흙 한 점도 없이 맑고 깨끗하다. 다른 식물은 새벽이슬이나 빗물을 그대로 가지고 있다가 햇볕과 바람으로 물기가 마른다. 연꽃은 스스로 물에 젖지 않는다. 여기서도 얻을 것을 찾아 마음을 모아본다. 세상이 아무리 어지러워도 물들지 말라는 뜻인지. 욕심 없이 살라는 가르침인가.

온통 연밭으로 둘러싸인 둑을 오랜 시간 걸어도 한순간도 흙냄새가 없다. 어떤 깨달음을 주려는 것일까. 내 삶 중에 혹 냄새나는 일은 없었는지. 향기 나는 일은 있었는지. 깊은 속뜻이 담긴 수많은 이야기가 있으련만 마음을 다 비우지 못한 내가 어찌 들을 수 있으랴. 더운 날씨에 웬만큼 힘들지 않으면 풀밭에 쪼그리고 앉아 더 많은 얘기를 들으며 세상 속의 나를 씻고 싶었다. 순백의 연꽃 앞에서 더위에 기운 잃은 내가 얼마나 무기력한 사람인가.

한 사람이 밭둑에서 기계로 풀을 깎고 있다. 물속에서 자라야 할 어린 연이 어쩌다 언덕에다 터를 잡았는지, 인정 없는 기계에 풀잎과 함께 잘려 나간다. 씨 떨어진 곳이 살 곳이다. 나는 어디에 떨어졌기에 오늘을 살면서 연꽃의 침묵 앞에 고개 숙이고 있을까. 돌아서는 발길을 뭔가 붙잡는 느낌에 자꾸 뒤돌아보았다. 연꽃의 위엄과 엊그제 내린 장대비에도 넓적한 잎이 찢기지 않은 강인함에 힘입어 더위를 이긴다.

불교에서는 화생化生의 상징이라 하고 부처님의 꽃이라고도 한다. 순결이니 청순한 마음이니 수많은 꽃말도 가지고 있지만, 그 속에 담긴 뜻을 헤아리지 못하면 오늘 여기에 온 의미도 없을 것이다. 비 오듯 쏟아지는 땀을 쉴 새 없이 닦으며 눈에 마음에 담은 푸른 연잎과 고운 꽃. 복잡한 세상에서도 조용하게 맑을 수 있는 나를 맘속에서 그려보니 오늘이 연잎만큼이나 푸르게 느껴진다.

배움이 대단한 곳에만 있는 것은 아니다. 연꽃 앞에 서면 세상에서 구별되는 모든 것을 다 파괴하고 차별 없는 자연에서 인생을 배울 수 있을 것 같다. 행복이 단순하고 소박한 것에 있듯, 생활 속에서 분별하는 능력을 얻기 위해서도 가슴에 평온이 찾아드는 연꽃 앞이면 넉넉하리라 생각한다. 일상에서 뭔가 막히고 힘들 때 마음속에 또는 사진 속의 연꽃을 보자. 눈과 마음이 닿는 곳에서 편하게 머무를 수 있고, 지혜로운 삶의 길을 찾아볼 수 있는 곳도 연꽃이 아닌가 싶다.

10월에 반하다

가을이 탱글탱글 익었다. 코끝이 싸한 이른 아침, 장릉 숲속 산책길에 도토리가 수없이 떨어져 있다. 여기저기서 후드득 떨어지는 소리가 아직 어스름이 덮인 새벽을 깨운다.

땅으로 바로 떨어지면 툭, 잎에 한 번 부딪히면 투둑, 어느 것은 투두둑 툭, 잎을 스쳐 가지에 부딪혔다가 땅으로 떨어지는 것인가 하고 유심히 들어본다. 혹은 바스락, 잎을 스쳐 숲속으로 떨어지면 들릴락 말락 한다. 흐린 날에는 빗방울이 떨어지는가 싶어 하늘을 쳐다볼 만큼 나뭇가지 부러지는 듯 크게 들린다.

바로 내 발아래서 구르는 걸 만날 때면 반갑고 예쁘다. 실바람이라도 살랑거리는 날에는 쉴 새 없이 사방에서 떨어지는 크고 작고 길고 짧은소리 툭, 투둑, 투두둑 툭….

겨울로 가는 갈잎이 서로 부딪히며 서걱거리면 머리와 가슴을 맑게 씻긴 듯 상쾌한 기분이지만 마음이 쓸쓸하다. 마치 이곳만이 가을인 양 쌉쌀한 새벽공기 속으로 사르르 녹아들면 그 많던 잡념들은 어디론가 달아나고 만다. 작은 열매가 한 생애를 끝내며 새봄을 약속하는 몸짓을 도토리 시인이 바닥에 써둔 시를 읽으며 걷는다.

점점 날이 밝는 시간이 늦어지고 조금씩 더 쌉쌀하다. 사람들의 산책 시간이 그만큼 늦어진다. 나는 오늘도 아직 어두운 길을 혼자 걷는다. 발밑은 희미하고 가까운 산은 엷은 안개 속이다. 호젓한 숲길을 떨어지는 도토리 소리와 내 느린 발걸음을 맞춰 함께 따라 걸으면서 신선한 하루를 시작한다.

오감이 활짝 열리는 이 느낌은 눈도 귀도 방해받지 않는 새벽 시간이기 때문이다. 숲길 중간쯤에 다다르면 아침은 환하게 열려 있다.

자주 만나던 다람쥐를 요즘엔 영 볼 수가 없다. 지금은 숲속 어디에나 널려 있는 열매들을 자기들의 은밀한 창고에 저장하느라 바쁜가 보다. 들쥐에게 들키지나 말든가, 모아둔 곳을 잊어버리지 않아야 할 텐데.

도토리 하나가 발밑에서 뚝 하고 깨진다. 작은 건 어쩌다 깨지지만 큰 것은 어림없다. 미끄러질 듯 발아래서 한 바퀴를 돈다. 가을을 마음에 가득 채우니 눌러앉은 외로움이 저절로 밀려나는구나 싶을 때다. 느닷없이 도토리가 내 머리로 톡 떨어지는 게 아닌가. 기막힌 찰나에 깜빡 숨이 멎었다. 나도 모르게 한 손은 머리로 눈은 바닥을 두리번거리니 행운처럼 내 시야에서 구르는 도토리, 제법 큰놈이다. 순간 웃음이 나왔다. '이건 내 거야.' 옷에 쓱쓱 문지르니 반짝이는 갈색 보석이다. 한 방 맞은 정신은 더 맑아졌다.

참나무가 울창한 숲이라도 내 머리로 떨어질 확률은 얼마나 될까? 알밤도 아닌 작은 것이 이 새벽 내 정신을 깨우니 건강만을 위한 산책이 아닌 이번 가을의 의미를 새겨볼 일이다.

왠지 정확히는 모르겠지만, 오늘은 엉뚱한 방향으로 길을 걸었다. 이전의 꿈보다 사람 사는 가치를 알게 되는 삶으로 돌아섰다고나 할까. 계절의 새벽 풍경 속으로 젖어있는 나, 도토리에게 머리를 한 방 맞고 어떤 변화가 생길 것 같은 기분이다.

동편 하늘 붉은 구름 한 조각조차도 신비로운 아침이다. 서걱거리는 나뭇잎은 숨어있는 색깔을 보여주기 시작하고 가지를 흔들어 때를 재촉하는 바람에는 추위가 묻어있다.

이제 이 가을 풍경을 며칠이나 더 보고 즐길 수 있을까. 내년쯤에는 이곳을 떠나 아파트 숲으로 이사해야 한다. 그러면 떨어지는 도토리 소리를 듣는 어림도 없을 것 같다. 이 계절에 홀린 마음이 아쉽기만 하다.

언젠가 보름달이 하도 밝아 혼자 보기 아까웠다. 각자의 자리에서라도 함께 보자고 몇 사람에게 문자를 보냈다가 싱거운 사람이 되고 말았다. 함께 10월을 맘껏 즐기자고 또 문자를 보내고 싶지만, 그때의 일이 생각나서 참는다. 색색의 고운 단풍도 좋지만, 참나무 숲에서 도토리 떨어지는 소리를 듣는 가을이 멋지지 않은가.

지금 내가 할 일은 가을이 지나가는 풍경을 눈에, 마음에 또렷이 새겨두는 것이다. 계절은 이렇듯 달려가는데 앞날이 더 짧아지는 나에게 이 순간이 한없이 소중하다.

산책로 입구 사무실 앞에는 '다람쥐 먹이를 돌려주세요'라고 써 붙인 항아리가 입을 벌리고 앉아 있다. 나는 손을 꼬옥 쥐고 그 자리를 그냥 지나쳤다.

나의 남은 날에 오늘 같은 행운을 또 만날 수 있을는지…. 나를 스치고 지나간 크고 작은 수많은 일 중에 무심히 보내버린 아까운 것 하나를 찾은 듯한 작은 도토리 한 알, 올가을 산책길에서 내 삶의 추억한 장을 곱게 오래오래 장식해 줄 것 같다.

이 예쁜 도토리를 가지고 노는 시간이 많아질 것 같은 가을이다.

엄마는 바다

 방 여기저기 옷들이 널려 있었다. 희미하게 무슨 소리가 들리는데 아무도 없다. 살짝 낮잠이 들어 꿈을 꾸다 그만 잠이 깼다. 문득 엄마의 재봉틀 소리라고 생각되었다. 정신없이 어린 시절로 달려간다.

 달 달 달, 재봉틀 소리는 밤새 그칠 줄 모른다. 엄마 곁에서 헝겊 조각을 만지작거리다 아이는 잠이 든다. 땡, 괘종시계가 하나를 치면 30분에 치는 하나인지, 새벽 한 시를 치는 하나인지, 오직 엄마만 안다. 우리 집은 도시에서 살다가 시골로 이사를 하였다. 농토가 제법 있었으나 식구들은 농사일을 잘 못했다. 머슴 부부를 들였지만, 엄마의 고생은 끝이 없었다.

 하루에도 몇 명씩 일손이 필요한 농촌에서 품삯을 감당하기가 어려웠다. 동네 사람들은 일을 잘 못하는 엄마에게 농사 일을 해 줄 테니 옷을 만들어 달라고 했다. 재봉틀도 있겠다, 엄마는 곧바로 바느질을 시작했다. 날마다 일꾼들의 끼니며 새참도 준비해야 한다. 실속 없이 큰살림에 명절차례와 열 번도 넘는 기제사, 하루도 빠짐없이 들이닥치는 손님과 친척들로 낮에는 거의 바느질할 틈이 없다. 텃밭 일도 당연히 엄마의 몫이었다.

숨만 크게 쉬어도 꺼지는 호롱불 밑에서의 바느질, 연약한 체구에 낮의 일도 힘에 부칠 엄마는 밤마다 재봉틀을 돌려야 품삯을 메울 수 있다. 하루하루를 정신력으로 버티어 가지만 갈수록 야위어만 갔다. 수십 년 엄마의 손때가 묻어 검붉게 반짝거린 대나무 잣대, 한지(韓紙) 옷을 입은 세월 묵은 싸릿대 반짇고리, 손잡이가 쪼개져 찌그덕거리는 재봉틀, 무거운 가위, 인두 꽂힌 놋화로가 생생하게 스쳐 간다.

저녁이면 동네 사람들의 호기심과 고단함을 달래 주던 빨간 라디오가 기둥 높이 매달려있다. 그 라디오는 약 닳아진다고 낮에는 켜지도 못했다. 사람들이 몰려와 라디오를 켜면 민요 가락이 구슬펐다. 아이는 재빨리 방으로 들어가 혼자 바느질 하는 엄마를 뒤에서 꼭 껴안는다. "엄마!" 울지 말라는 뜻이다.

어쩌다 엄마 옆에서 팔랑거리다가 그만 호롱불이 꺼져버린다. 깜깜한 속에서도 어떻게 자를 찾았는지 자막대기가 아이 등짝에 찰싹 부딪힌다. 몇 개 남지 않은 성냥개비도 아깝고 혼사가 며칠 남지 않은 신부의 혼수도 급하기 때문이다. 엄마는 곧바로 헝겊 몇 조각을 쥐어주며 나를 달랜다. 엄마가 바느질하다 말고 옷을 한편으로 밀어두고 웅크린 채 잠시 눈을 붙이면 동이 트기도 전에 어느새 첫닭이 운다.

"저놈의 달구 새끼는 잠도 없다냐?"

혼잣말하며 금방 일감을 끄집어 당긴다. 아랫목 술독에는 덜큰한 냄새를 밀어 올리며 보글보글 술이 괴는 소리, 엄마는 무명 보를 떠들어 보고는 술독을 굴리듯 샘가로 들고 나가 술을 거른다. 술을 거르면 손이 예뻐진다고 자고 있는 일곱 살 아이를 깨울 만큼 일손이 바쁜 집이다. 아이는 잠이 깼는지 말았는지, 엄마가 시키는 대로 술지게미 범벅인 엄마 손등에 바가지 물을 붓는다.

아버지의 모시옷이며 명주옷 손질은 엄마 정성의 극치다. 어느 날 가슬가슬하게 푸새가 잘된 모시옷을 차려입으시고 외출하는 길에 먼저 돼지 막을 둘러보셨다. 막 밥을 먹던 돼지가 아버지를 보고는 몸을 털어 대는 통에 아버지 옷에 구정물이 몽땅 튀었다. 그러자 아무렇지도 않게 다른 옷을 내오라던 아버지! 그 아버지를 망연히 바라보던 엄마의 표정과 준엄했던 아버지의 얼굴이 겹친다.

섣달이 되면 엄마는 설음식 만들기에 기계가 된다. 설에 입어야 할 옷이 밀리기라도 하면 엄마의 재봉틀 소리가 정월 초하루를 깨운다. 새벽부터 세배꾼들의 떡국 준비에 갈퀴가 된 손은 붉다 못해 푸르딩딩하다. 늘상 속이 답답하다며 평생 소다를 먹었던 엄마다. 재봉틀로 박은 것이 어디 옷감뿐이었을까. 몸고생은 듬성듬성 박고, 마음고생은 촘촘히, 자식 잃은 한恨은 손으로 한 땀 한 땀, 차라리 당신의 살을 떴을 것이다. 재봉틀 소리에 묻힌 속울음은 인두질로 말렸겠지. 엄한 아버지 앞에서 순하기만 하던 엄마 모습에 늘 아버지가 미웠다.

고을에서 열 살 안팎의 여자아이를 우리 집에 맡긴다. 집안일을 돕게 하다가 스무 살 무렵 시집보내기를 몇 명, 막상 언니가 결혼할 땐 솜뭉치 하나 남지 않은 형편이었다. 하루도 식구끼리 밥을 먹어본 적 없고, 너희 아버지 없이 일 년만 자유롭게 살아 봤으면 좋겠다던 엄마. 잃어버린 자식을 찾는 마지막 소원을 끝내 이루지 못했다. 막내딸 시집갈 때 준다고 장만해 둔 노란 담요를 덮고 누운 지 며칠 만이다. 엄마가 영영 재봉틀 손잡이를 놓던 날, 내가 바라만 봐도 산천이 흔들렸다.

앓고 계시던 아버지는 차마 떨구지 못한 눈물을 가득 담은 채, 뒤늦게야 미안함과 용서를 구하듯 엄마 손을 꼭 잡으셨다. 간신히 몸을 가누어 엄마 묘를 단장해 두고 넉 달 후에 엄마 곁으로 가셨다.

'엄마 소원대로 혼자 좀 살아보게 하지, 왜 급히 따라가시느냐고, 제발 거기는 사람들 좀 데리고 가지 말라.'고 감히 생전에 못 했던 간청을 몇 번이나 해보았다.

사람 사는 집에 사람이 많이 들락거려야 좋다고 했던가. 일 많고 쪼들린 살림에 평생을 사람에 시달린 엄마였다. 사람에 볶이고 시달리는 하루하루는 한가할 때 찾아오는 말동무와는 비교할 수 없다. 이제 아버지도 밉지 않다. 엄마에겐 평생 존댓말을 쓰셨고 한 번도 밖으로 도는 적 없었으니까.

오십 평생 남편 그늘에서 사람들이 모여든 것은 엄마의 덕이 컸던 때문이라 믿어져 지금 생각하면 꼭 고달픈 삶이라 할 것도 아니다. 그러나 엄마는 세상 떠나기 전의 마지막 한 시절까지도 편한 날이 없는 고달픈 삶이었다.

"거기가 얼마나 좋으면 간 사람마다 올지 모르끄나?" 엄마가 종종 했던 말이다. 엄마 생각처럼 거기는 좋은 세상일 거라 믿는다. 날이 저물고 해가 가도 엄마의 날은 저물지 않은 채 꿈결처럼 달 달 달 재봉틀 소리가 들린다.

chapter_2

작은 것의 힘

고향집

태어나고 자란 곳이 시골집이다. 고향 하면 끊임없이 찾아온 친척과 손님들 치다꺼리에 부대끼던 엄마가 제일 먼저 생각난다. 바다와 산과 들판이 가까이 어우러진 농어촌, 전남 고흥군 풍양면 매곡리라는 깊숙한 마을이다. 근처에 두서너 집만 있을 뿐, 동네에서 조금 떨어진 외딴집이다. 그때는 초가집이었지만, 네 칸 겹집에 사랑채까지 있어 동네에서는 제일 좋은 집이었다.

마당 한쪽에 넓은 장독대를 두른 나지막한 담장에 곱게 엮은 용마루가 운치를 더했다. 담장 아래는 봄부터 늦가을까지 항상 꽃이 피었다. 돌계단 한두 개를 내려가면 맑은 샘, 옆에는 치자나무와 무화과 앵두나무가 있어, 삶의 흔적이 곳곳마다 서리서리 쌓인 백년도 넘는 그 고향집이 팔렸다고 한다.

큰오빠가 형제들에게 사정을 알려주었다. 팔려고 맘먹은 지가 몇 해가 지났으니 잘된 일이다. 집터며 주위 논밭과 앞뒤 야산까지 넓고 평화로운 우리 가족의 삶의 근거지였다.

서울에서 워낙 멀고 오지라서 개발도 관리도 쉽지 않아 늘 궁리만 하고 있던 중이다. 형제들이 고향집에 가고 오기조차 힘든 나이가 되었다. 조카들은 그렇게 먼 곳에 관심이 없다. 나 역시 즐거운 기억보다는 어렵고 힘들었던 생활부터 떠올라 꼭 가고 싶은 고향집은 아니었다. 그런데 팔렸다는 소식에 그리운 시절들이 줄줄이 떠오른다.

70여 년 전 초가집에서 첫울음으로 숨을 토하며 막내딸로 태어났으니, 내 태자리가 아닌가. 40여 년 전에는 슬레이트 지붕으로 바뀐 집에서 어머니와 아버지가 지금의 뒷산 유택(幽宅)으로 이사를 하셨다. 우리 집이 어떤 상황으로 변화되어 가는지도 모르는 시절엔 바닷가나 산천들판은 모든 곳이 좋은 놀이터였다.

잠깐만 맨발로 들어갔다 나오면 저녁 반찬거리를 잡아 왔던, 지금은 없어진 먹거리 가득한 생명의 개펄, 수십 명이 줄지어 늘어서서 육자배기를 부르며 모내기하던 풍경, 늦여름 초저녁 대숲에 빨간 고추잠자리 떼, 여름밤 마당에 피어오르던 모깃불, 방문을 닫고 맷돌짝에다 수수를 털던 일, 무서운 아버지, 새벽부터 밤중까지 말없이 바쁘던 엄마와 작은언니, 날이면 날마다 찾아오는 사람들…. 지금도 앞을 다투어 어른거린다.

동네의 풍경과 달빛에 박꽃이 곱던 초가집에서 지금의 양옥까지, 집의 여러 모양과 추억들이 고스란히 머물러 있는 집이다. 덧없는 세월은 나를 고향에서 멀어지게 했다.

일 년 전, 십수 년 만에 산소에 다녀왔다. 어쩌면 마지막일 수도 있겠다는 생각에 울컥 그리움 한 덩이가 솟았다. 뭔지도 모를 아쉬움이 생솔가지로 불을 지필 때의 매운 연기처럼 진하게 피어올랐다. 오 남매 모두의 마음이 당연히 섭섭하리라 생각한다. 온 가족들의 삶의 기초가 되었던 넓은 땅을 없애고 이제는 산소 자리만 덩그렇게 남았다. 잡초만 가득한 논밭을 보고 안타까워하시다가 잘 가꿔진 새로운 모습을 보게 될 지하에 계신 부모님의 심경도 헤아려 본다.

며칠 전 들려온 소식은 말랐던 우물을 다시 정비하여 샘물을 먹을 수 있게 되었고 여기저기 본래의 모습이 되어간다고 한다. 반갑기도 하고 정이 넘치는 기억들이 밀려들지만, 깊이가 아득한 샘물을 두레박으로 간신히 길어 올리던 생각을 하면 지금도 숨이 가쁘다.

고향은 어릴 적 기억과 잊지 못할 그리움으로 오래도록 나를 위로해 줄 것이다. 다행인 것은 중간에 오빠들이 새로 지은 지금의 양옥은 새 주인이 그대로 살기로 했다니 집이 허물어진다는 서운한 소식은 듣지 않게 되었다.

운명은 누구도 알 수 없는 일이다. 시골에서 태어났으면서 시골 사람이 되지 못했고, 도시에 와서도 도시 사람이 되지 못했다. 어디서나 나는 지금도 세상살이가 서툴다.

집 안 풍경이 눈앞에서 지워지지 않는다. 오래되어 쓸쓸해 보인 키 큰 감나무, 더욱 무성해진 동백나무·유자나무·백일홍·서향. 무엇에 쓰려고 심었는지 모를 집 앞 논에는 하늘 높이 자란 삼나무(杉木) 숲도 아이맥스 영화처럼 다가온다.

나무를 좋아하는 아버지와 오빠들이 수시로 심어 가꾼, 우리 집 삶의 긴 역사가 질펀한 넓은 마당이다. 부모님과 형제들의 터전이었던 전부가 한순간 사라지고 보니 인생 참 허망하다는 생각을 지울 수 없다. 그 집은 날마다 드나드는 사람들의 기운으로 시끌벅적했건만, 오랫동안 관심도 없던 고향집이 모두 없어진 뒤에야 새록새록 아깝다.

두 언니와 두 오빠 모두 한 마음인지 팔린 집에 대해 말은 없다. 아니다. 내색은 안 해도 요즘의 내 심정과 다르지 않을 것이다. 오늘이나 내일이나 그날이 그날같이 느끼며 살았지만, 세상은 끊임없이 변했다. 우리 집의 큰 획 하나가 지워짐을 보며 내 나이를 손꼽아 본다.

새로 온 사람은 귀농이라 한다. 나무가 좋아서 우리 집을 샀다고 하니 잘 가꾸어 낭만적인 전원생활로 즐거운 삶이 되기를 바란다. 이제 한 세대의 집과 땅이 다 없어졌다. 한 시대 힘들었던 삶까지도 아울러 없어진 기분이다. 삶은 늘 고달픔의 근처에서 맴돌았다. 고단한 한숨에 절여지고 간이 들은 추억이 언제까지나 삭지 않고 신선하게 오래오래 가르침으로 남았으면 한다. 모름지기 뒤를 이은 자손들의 삶을 편하게 받혀 줄 것이라 믿는다.

솔개

멀리서 새 한 마리가 날아왔다. 가까이에는 산불이 나서 거침없이 타고 있다. 큰 나무가 불이 붙은 채 쓰러지고 작은 가지들이 타면서 불꽃이 바람에 날렸다. 가까이 날아온 큰 새는 불이 난 하늘 위를 몇 바퀴 돌았다. 설마 뜨거운 불 속에서 무엇을 찾을 것이라고는 생각하지 못했다. 순식간에 놀라운 정경이 벌어졌다.

그 새는 아주 빠르게 수직 강하를 한다. 시뻘겋게 타고 있는 나무둥치에서 금방 떨어지고 있는 작은 가지 하나를 잽싸게 두 발로 움켜잡고 높이 날아갔다. 보기에는 그 가지도 붉게 타고 있었다. 발이 뜨거워 곧 떨어뜨리고 말겠지, 하며 숨죽이고 지켜보았다. 새는 끝까지 그대로 날아가더니 불이 나지 않는 산에 가서 갖고 간 나뭇가지를 떨어뜨렸다. 잠시 후 그 산에도 불이 붙기 시작했다. 새는 멀리 가지 않고 하늘에서 맴돌고 있었다.

텔레비전에서 동물의 왕국을 보고 있었다. 큰 동물들이 더 큰 동물의 목을 물고 늘어지는 모습은 편하게 볼 수가 없다. 눈을 감고 잡힌 짐승의 약한 희생에 안쓰러워하는 시간이기도 하다. 오늘은 새가 먼저 보여 불안해하지 않고 보고 있었다. 해설자는 솔개라 했다. 하늘을 몇 바퀴 돌더니 또 한 번 낮게 내려와 날았다. 솔개가 노린 것은 불붙은 산에서 열기를 이기지 못하고 동작이 느려진 메뚜기였다.

통통한 메뚜기 한 마리를 불 속에서 재빠르게 입에 물고 만족스럽게 유유히 하늘 높이 날아갔다. 메뚜기를 잡기 위하여 솔개가 산에 불을 낸 것이라 한다. 어떻게 그런 기발한 생각을 했을까. 놀라웠다. 순간의 지혜일까. 아니면 경험일까. 수십 년의 경험이 아직도 경험되지 않은 듯 오늘도 헤매고 있는 나는 그 광경을 놀라움으로 화면에서 눈을 떼지 못했다. 우아하게 푸른 하늘을 날고 있는 대형 조류가 작은 메뚜기 한 마리를 잡겠다고 위험을 무릅쓰면서 불 속을 뛰어든 모습이 영락없는 공상영화다. 분명 어딘가에 새끼들이 있어 작은 먹이가 필요했나. 여러 종류의 먹이가 있을 것인데 먹잇감 하나가 얼마나 간절했으면, 저 행동이 절박한 생존으로 다가왔다.

사람이나 동물이나 생존 전략은 끝없이 발전하고 진화해 간다. 만약 솔개가 말을 하고 손발을 맘대로 쓸 수 있다면 인간과의 경쟁이 어느 정도나 치열할지 가늠도 안 된다고 해설자가 말한다. 메뚜기의 허망한 짧은 생에서 우리의 삶이 때로는 솔개 같기도 하고 메뚜기 같기도 하다고 생각한다. 드넓은 창공을 두 날개 쫙 펴고 나는 모습은 멋지고 평화롭게만 보이더니, 두 눈을 지상에 꽂고 먹이를 찾는 비행이었나 보다.

오늘 저녁때 치열하게 살아가는 새 한 마리가 마음속에 들어왔다. 가끔 나의 앞날을 그려본다. 무슨 일을 하든지 무엇인가를 배우든지, 최고로 잘할 수는 없더라도 잘하려고 최선의 노력은 해야 한다는 말에 공감한다. 나는 몸이 조금 아파도 용기를 잃었고 생활의 어려움이 왔을 때는 일상을 헤쳐나가기도 버거웠다. 지금은 하고 싶어도 할 수 없고 의지대로 움직일 수도 없는 몸과 마음이다. 그러니 노령인구 대열에서 축내는 것이 한두 개가 아니다. 지금 생각하면 굳은 마음으로 일어설 수도 있었고, 최악의 상황도 아니었건만, 나를 나답게 다스리지 못했다. 때마다 의지할 무엇을 찾았고 처음부터 부족함이 많은 사람으로 인정하여 스스로를 낮췄다.

솔개가 솔개다운 것은 어떤 어려움에도 포기하지 않는 용기와 인내일 것이다. 산에 불이 붙고 먹잇감이 기운을 잃을 때까지, 공중에서 힘든 날갯짓을 하며 기다릴 줄 아는 인내심을 보며 내 젊은 날이 매우 아쉽다. 그 흔적이 지금이다. 시간은 나이 든 사람의 것이라는 말을 생각한다. 자신과의 싸움 혹은 약속, 다음은 실천으로 생명을 유지하고 종족 보존까지. 끝없이 지혜를 짜내고 담대함으로 삶을 이어간 솔개를 보면서 기운을 내야겠다. 남는 시간 속에 묻히지 말아야지.

먹이를 찾으려면 한시도 쉴 수 없기에 수없이 날아야 하는 고단함도 견뎌야 하는 새 한 마리가 오늘의 배움으로 가슴에 남는다. 바싹 마른 깃털로 덮인 새가 불 속으로 날아드는 모습에 자꾸만 연약한 자신이 보인다. 절박함까지는 아니라도 최소한의 성실한 자세로 남은 삶의 한 자락도 소홀히 할 수 없다.

솔개가 최선을 다한 결과물을 가지고 만족스러운 듯 날아가는 모습이 감동이다. 내 맘속 높고 푸른 하늘에도 꿈을 품은 솔개 한 마리가 날고 있다.

작은 것의 힘

    천지가 온통 꽃으로 덮인 봄날이다. 길을 걷다가 기운이 가라앉아 길옆 화단의 돌 위에 앉았다. 눈부신 하늘과 꽃에 취한 눈을 잠깐 쉴 겸 해서 발아래를 보았다. 돌 틈에 나 있는 어린 풀에 눈길을 멈추니 옛날 어느 시절이 스친다. 내 고향 동네는 앞은 바다고 뒤는 산으로 첩첩이 둘러싸였다. 우직하게 농사와 바다 일밖에 모르는 마을 사람들은 해마다 태풍에 농사를 망친다. 우리 고을에 태풍만 오지 않기를 바라는 마음이 그들의 소원이다. 그때는 일 년에 한두 번은 어김없이 큰 바람이 불어와 추수 앞둔 농작물을 휘저어 놓아 흉년 같은 어려움을 겪어야만 했다.

    어느 해던가. 내가 열한두 살쯤일 때다. 지금까지의 기억으로는 가장 무서운 태풍이었을 것이다. 전쟁이 이런가 싶었다. 집도 거의 부서졌다. 눈앞에서 방 문짝이 떨어져 날아가도 우선 사람이 날아가게 생겼으니, 무엇도 붙잡을 수 없었다. 애들은 큰 나무나 아직 쓰러지지 않는 집 기둥이라도 붙잡고 버텨야 했다. 장독대 담이 쓰러지는 소리와 함께 장독 깨지는 소리가 엄마 가슴을 때려도 나갈 수가 없다.

이틀 밤낮을 거센 비바람이 계속하다가 조금 잠잠해지던 날, 잠시 구름 사이로 비친 해가 왜 그렇게도 눈이 부셨던지. 폐허가 된 들판에서, 지붕 날아간 집 마당에서 사람들은 넋을 잃고 어디서부터 무엇을 먼저 손을 대야 할지 몰랐다. 몸도 마음도 비바람에 쓸려 모두가 우왕좌왕했다. 사방으로 날아간 살림살이들을 줍느라 분주하고, 엄마가 장독대로 달려가실 때 나도 따라갔다.

돌이 굴러와 깨버린 장독에 어디론가 뚜껑이 날아가고 없는 된장독을 들여다본 엄마는 빗물이 고여있는 독을 붙들고 쓰러지듯 그 자리에 주저앉았다. 무얼 먹고 살아야 하냐며 애간장 다 녹은 듯한 엄마의 들릴 듯 말 듯 한숨짓는 소리를 난 아직도 기억한다.

"요것들 좀 봐라. 성한 것 하나 없는 이 난리 통에 용케 살아남았구나! 참말로 신기하다."

주저앉은 흙담 한쪽에 어린 풀 몇 포기가 있었다. 물이 고여있는 땅에서 작은 물방울을 조롱조롱 달고 햇살에 빛나고 있는 풀포기가 엄마 눈에 들어온 것이다. 집 앞 굵은 복숭아나무까지 다 뽑혀 아랫집으로 굴러가고 장독 뚜껑이 날아간 중에도, 어떻게 여린 풀이 온전한 모습으로 살아남았을까. 엄마도 나도 신기했다.

이제 와 조금 알 듯하다. 큰 것보다는 작은 것이, 높은 곳보다는 낮은 곳에서, 강한 것보다는 약한 것이 세상을 이기고 있음을 어렴풋이나마 깨닫게 되었다. 삶에서는 지식보다 지혜가 우선이다. 작고 약한 것의 힘과 그 속의 강한 생명력에 놀라움을 금치 못한다.

큰바람에 저항하지 않고 딱딱하면 제 몸이 꺾일까 봐 잎을 가늘고 부드럽게 만들어 바람을 따라 적응하다니. 잘난 체하지 않고 납작 엎드려 화를 이겨내는 지혜 앞에 사람이라고 만물을 업수이 볼 수 없음을 알게 된다. 풀의 현명함 앞에서도 나를 본다. 삶이 욕심만큼 만족하지 못했기에 이제야 풀 한 포기를 보는 눈이 남다르게 다가오는지도 모르겠다. 환경에 맞설 힘도 없는데 어떻게 적응하며 오늘까지 살아왔을까. 주목받지 않아도 좋다. 보잘것없는 것이 가장 낮은 자리에서 생존 방식을 터득하며 그 안에 뿌리와 꽃과 열매를 품고 있다니. 작은 것 앞에서 배우고자 하니 한두 가지 아니다. 비록 몸도 마음도 환경도 아래에 머물러 살지만, 지금의 나에게도 현명하게 살 줄 아는 슬기로움이 있었으면 좋겠다.

이 봄, 여기 돌 틈에서 싹터 자라고 있는 풀잎을 보며 까마득한 태풍의 추억 속으로 들어가 그때 살아남은 풀과 엄마와 어린아이를 보았다. 어느 것도 다 세상에 나온 이유가 있다. 주어진 본분만큼 온몸으로 살아내고 있는 풀은 또 하나의 본보기이다.

그날, 절망 중에도 장독대에서 반짝이는 풀잎에 희망을 본 엄마의 얼굴이 또렷하다. 엄마는 비바람에 살아남은 풀잎에서 기운을 얻으셨을까. 아니면 수없이 이겨냈던 인생의 태풍이 떠올랐을까. 엄마는 금이 간 장독을 짚고 벌떡 일어나셨다. 부엌으로 급히 들어가시더니 빗물이 스며든 아궁이에 눅진한 솔잎을 밀어 넣고 눅눅한 성냥을 긋고 또 그었다. 그 마음속에 어떤 의지가 솟아올랐는지 그때는 몰랐다.

튕기고 부러지다 성냥 한 개비가 기적처럼 탁! 소리를 냈다. 간신히 피어난 불꽃을 엄마가 온몸으로 감싼 바로 그때, 구름 사이를 비집고 내려온 햇살 한 줄기가 반쯤 열린 부엌문을 젖히고 환히 찾아들었다. 그 순간의 그림이 지금도 생생하다.

조금 전 앉았던 자리가 분명 햇볕이었는데, 어느새 아파트 그림자가 길게 드리웠다. 돌 위에 앉았던 이유도 잊어버리고 서둘러 일어나 걷는 길에 꽃보다 풀이 많이 보인다.

궁서체

문학을 공부하면서 수시로 모르는 것이 많다는 것을 느낀다. 그래서인지 다른 사람의 이야기를 건성으로 듣지 않는 습관이 생겼다. 누군가와 대화하다 보면 내가 알고 있는 것은 다른 사람도 이미 다 알고 있다는 사실을 알았다. 가능하면 말을 적게 하려는 구실이 되었다.

사람들과의 대화 중에 반드시 한 마디쯤은 도움이 될 만한 단어와 화법이나 내용이 들어 있음을 경험한다. 오며 가며 혹은 한담 중에라도 귀에 딱 들어오는 한마디에 정신을 차리게 될 때 횡재했다고 생각한다. 그것을 잘 활용하여 글이나 말로 다듬어 쓸 능력은 부족하지만, 좋은 것을 배웠다는 기쁨은 말할 수 없이 크다.

나에게는 '별별 노트'라고 표제를 써 붙인 공책이 4권 있다. 책 속에서 밑줄 친 부분이나 누구에게 들은 이야기, 생각나는 말 등을 적어둔 것이다. 어느 날 누워서 심심풀이로 세 번째 공책을 들춰보는데,

단어만 몇 개가 적힌 쪽이 있었다. 생각해 보니 아마 쓰고 싶은 글의 제목이 아닌가 싶다. 그중에 궁서체라는 단어에 네모가 그려져 있다. 그 단어를 써둔 걸 차근차근 하나씩 생각해 보니 기억이 났다. 아주 먼 일은 아니었다.

인문학 강의를 하는 어느 분과 전화 통화를 하게 되었다. 대화는 무엇 때문인지 어느 순간 글씨에 관한 이야기로 흘러갔다. 수많은 글씨체가 있어 사람마다 좋아하는 글꼴을 골라 사용한다. 각자 좋아하는 글씨가 있어도 예의를 지켜 쓰는 글씨가 따로 있다고 했다. 그 글씨가 궁서체이고 상대방에 존경의 뜻을 보이는 자세라 하여 놀라웠다. 손 글씨로는 원하는 글씨체를 쓰기가 쉽지 않지만, 워드로 친다면 예절을 지키는 것이 존중의 태도라니 처음 듣는 말이었다.

그동안 아는 분들에게 메일을 보낼 때 어떤 글씨를 골라 썼는지 갑자기 걱정되어 마음이 가다듬어졌다. 책을 받을 때마다 보내준 정성과 고마운 마음으로 빠짐없이 잘 받아 읽었다는 답을 메일로 보냈다. 궁서체 말을 들은 후부터는 인사말이 충분하지 못해도 글씨만큼은 반드시 궁서체로 쓴다. 그것으로 최소한의 예의는 지켰다고 서툰 인사에 대한 부끄러움을 달래곤 했다. 어떻게 이런 것을 모르고 있었을까.

통화 중에 그분의 아드님 이야기도 들려주었다. 집에 온 아드님이 친구와 했던 대화 한 토막을 소개하더란다. 친구가 무슨 이야기를 시작하면서 "야, 이거 궁서체야, 잘 들어!"라고 했단다. 여기에서 궁서체라는 말은 이거 중요한 얘기니까 잘 들으라는 뜻으로 단순히 글씨만이 아니고, 중요한 것도 궁서체라 한다니 또 한 번 놀랐다.

부족하기만 한 내가 이 말을 사용하기에는 여전히 쑥스럽지만, 그 사람의 간단하면서도 넓은 견문을 대강은 알 수 있다는 생각을 한다. 예절은 사용하는 단어나 말투에서 먼저 나타나기 때문이다. 그런데 상대를 존중하는 마음이 습관으로 몸에 배어야만 하는 것인데 나는 한참이나 멀었다.

글씨체까지 신경 써야 할 한가한 세상이 아니라는 생각에는 공감한다. 어쩌면 메일도 번거롭다. 손에 전화를 들고 있지 않은가. 모든 것에 개성을 드러내는 시대다. 글씨도 멋있고 예쁜 것에 그림 같은 글씨까지 다양하다. 예의를 갖춘 글씨에 관심은 별로 없을 듯하지만, 분명한 것은 시대가 변하고 유행이 지나가도 사람 관계의 기본인 예절까지 사라지는 건 아니라고 믿는다.

지나간 메모 한 단어를 제목으로 글을 써 본다. 여전히 어려운 게 수필이다. 이 글이 궁서체가 될 수 있다면 좋겠다고 감히 엉뚱한 생각도 한다. 예의를 지키는 좋은 말이나 행동 중 아주 작은 하나일 뿐인 글자 모양 궁서체를 자연스럽게 어디에 어떤 방법으로 직접 사용해 볼 일은 있을지 없을지 모른다. 사용하고 안 하고는 상관이 없다. 알게 되었다는 것만으로 충분히 가치가 있으니까. 말하고 들을 기회가 있을 때 쓸만한 이야기를 편하고 쉽게 얻는 것은 아주 즐거운 일이다. 종이와 펜이 늘 곁에 있어야 하는 이유다.

일상에서 꼭 필요하지 않지만, 그날의 통화에서 결코 흘려버릴 수 없는 귀한 이야기는 나의 기억이 명확하게 살려냈다. 사람과의 관계에서 중요한 것이 겸손이고 상대를 존중하는 마음이 바로 예의라고 결론지어 주었다. 아주 오래된 어떤 풍경 같은 느낌의 궁서체의 쓰임을 알게 되었다. 느려진 내 숨결로는 이제 빠른 변화를 감당하지 못한다. '저 사람은 궁서체야'라는 말을 들을 수 있는 성품으로 서서히 스며들기를 희망한다.

통화를 끝내며 통신 강의의 내용이 너무 훌륭했다는 감사 인사를 하니, 통신 강의는 수강료가 훨씬 비싸다고 했다. 충분히 그럴만하다. 문학을 공부하고 있으니 이런 이야기가 귀에 들어오는 것이다. 또 한 번 자부심을 느낀다. 어느 부분은 나도 알아볼 수 없을 만큼 산만하게 쓰여 있지만, 마땅히 읽을 책이 없을 때, 자주 펼쳐 보며 글쓰기에 도움이 되는 별별 노트다.

남의 이야기를 경청하는 자세도 중요한데, 도움이 되는 한마디까지 공짜로 건져 온다면, 뜻밖의 상식이나 지식도 얻을 수 있다고 생각한다.

가깝지도 멀지도 않게

경험해 본 적 없는 일이 일어났다. 신종 바이러스라는 것이 온 세상에 번졌다. 철저한 개인위생을 지키는 것만으로는 감염을 막기가 어렵다. 정부에서는 또 하나의 방법으로 서로의 적당한 거리를 두라는 방안을 내놓았다.

가까운 접촉을 막아 개인은 물론 집단감염을 막아보자는 목적이다.

만물을 다스린다는 인간이 바이러스라는 형체도 없는 미생물 앞에 맥을 못 추고 당하기 시작한 지 한 달이 훨씬 넘었다. 거리가 한산해졌다. 서로가 가까이하기를 두려워하며 대화도 모임도 끊어졌다.

사람과의 관계에서 알맞은 거리를 유지하는 일은 쉽지 않다. 더불어 살아야 하는, 그래서 인간이지 않던가.

상대를 너무 가깝지도 멀게도 하지 말라는 말은 많이 들었다. 깊은 의미도 모른 채 살다가 지금에서야 다시 생각하게 되었다. 좋은 관계를 유지하려면 적당한 간격을 유지해야 함이 '지혜'라 생각한다. 지나치게 가깝게 지내다 보면 틈이 사라져 종종 예의나 존중을 잃어버리기 쉽다. 사람과의 관계는 물론 물질에서도 한걸음 떨어져 있을 때 편안한 삶이 된다. 당연히 적당한 거리가 필수적이라 생각한다.

반드시 배워야 알 수 있는 것도 아니련만, 긴 세월 너무 멀거나 가깝게 하여 잘못된 일을 몇 번이나 경험했을지 알 수 없다. 내 능력으로는 온갖 정보나 지식을 도저히 쫓아갈 수 없다. 차라리 모든 것에서 어느 만큼 멀리 살아보면 그 자리엔 의외의 여유와 평온이 들어온다는 것도 알게 되었다. 거리 두기에 동참도 하니 시간은 많고 생각은 어지럽다. 복잡한 마음속에서도 깨달아지는 것 또한 많다.

이 땅은 인간의 것만이 아니다. 온갖 생물이 더불어 사는 공간이며 각자의 영역이 있다. 편리함만을 좇으며 생태계를 파괴한 것은 사람이다. 갈 곳 없는 동물들은 사람 사는 곳으로 가까워질 수밖에 없고, 거기엔 전염병이 발생하는 원인이 된다. 최첨단으로 발전하는 과학 위에 날아드는 신종 바이러스, 지구와 인류의 재앙이 될 수 있음을 깨달아야 하리라.

뜻밖에 마음 놓고 사람을 만나지 못하고 보니, 지금까지 살아온 그저 그런 일상이 평안이었나 보다. 어려움을 극복하고 슬픔을 이기는 것이 평범한 우리의 삶이라는 것을 재발견한다.

편이 갈리고 차별이 많은 세상이다. 눈에 보이지도 않는 바이러스가 남녀노소, 신분 고하를 가리지 않고 침투하여 병들게 하고 심지어 죽음에 이르게 하는데 바이러스에게서 모든 인간이 평등하다는 걸 다시 배운다. 이제는 살기 위한 수단으로 일상을 바꿔야 할 판이다. 밖에서 즐거움을 찾기보다는 안으로 눈을 돌려보면, 이성이니 지성이니 하는 인간의 우월함도 의미가 흐려진다.

어려울 때 비로소 그 사람의 인품이 드러난다. 의사 간호사 자원봉사자들 앞에 부끄러워질 뿐인 나의 무능도 환히 보였다. 세상은 힘 있는 자들이 이끌어 가는 것이 아니었다. 약한 자들이 어려움에 떨고 있는 사람들의 가슴을 적시고 있다는 걸 이 시기에 똑똑히 보았다.

집안에서 지내면서 그동안 무심히 보냈던 날들을 성찰해 보게 되었다. 마스크를 쓰고 있으니 말을 적게 하게 된다. 얼마나 쓸데없는 말을 많이 하고 살았는가. 거리에 사람이 줄어드니 자연이 살아나고 공기도 맑아졌다. 또 하나 느끼게 된 것은 그동안 하루에 손을 몇 번이나 씻으며 위생적인 생활을 했느냐다.

오늘날 인류에게 닥친 위기를 걱정과 불평으로만 보낼 일은 아니다. 더불어 살아야 한다며, 소통은 많을수록 좋다면서 격의 없이 살기를 좋아하였다. 그런데 떨어져 지내보니 긍정적인 면이 많다. 세상이 시끄러울수록 마음 다스리는 것이 건강에 이롭다고 한다.

어려울 때 지혜가 생길 수 있다. 세월 가는 것이나 한탄하며 헛되이 보내기 쉬운 말년이다. 내 생활은 이번 거리 두기와는 별 상관이 없는 생활이다. 모든 시간은 몽땅 내 것이어서 엄벙덤벙 살았더니 느닷없이 낯선 길이 열린 것이다.

감염병이 새로운 변화의 시작을 알려주었다. 되돌아가는 길이 아니라 새로운 길로 들어서는 시간임을 알아차려야겠다. 피하고 숨기보다는 잠시 멈추어 오던 길을 돌아보며 가야 할 방향을 찾을 때임을 깨닫는다. 비록 나이 들어 몸은 말을 안 듣지만, 마음은 더욱 고요히 낮은 곳에 머문다. 자연스럽게 여기저기에서 틈이 생기지만 불편함은 느끼지 않는다. 오히려 더 가까워진 마음의 거리를 만들게 된다. 일시적인 물리적 거리 두기는 함께 살기나 관계의 소통에 아무 방해가 되지 않을 것이다. 이 시기를 어떻게 받아들이냐에 따라 지금과 같은 시간이 아닌 새로운 차원의 시간이 있음도 알게 된다. 느긋하게 천천히, 바삐 살아온 나의 삶에서 취해야 할 덕목 하나쯤 갖출 수 있는 한때의 시간이길 원한다.

부족함을 채워보는 새로운 길이 되기를 바라며 먼 거리에서만 봐야 아름다운 하늘과 구름을 자주 본다. 마스크 너머로 맡는 봄의 냄새도 은은하고 그윽하다. 낯선 길에는 또 어떤 신기하고 두렵고 아름다운 일상이 펼쳐질까. 망설임과 기대가 동시에 생겨난다. 한 걸음 비켜선 안정된 마음에서 더 좋은 모습으로 변화할 수 있는 이 위기를 잘 활용하는 지혜가 절실하다.

불면증

60년도 훨씬 지났다. 그때 우리 시골 국민학교에서는 조기청소라는 숙제가 있었다. 계절 따라 조금씩 다르지만 보통 엄마나 언니들이 보리쌀을 찧어 아침밥을 지으려면 새벽 4시경 일어나야 한다. 어린 학생들도 매일 그 시간에 일어나 빗자루를 들고 우리 집에서 다음 집 앞까지 길을 쓸어야 하는 것이 조기청소였다.

우리 집은 동네와 떨어진 외딴집이었다. 중간에 두세 집이 있었으나 그 집 애들은 그 시간에 일어나지 않는다. 나는 누가 깨우지 않아도 일찍 일어났다. 마을은 집들이 다닥다닥 붙어있어 몇 발자국만 쓸면 다음 집이어서 동네에 사는 애들은 골목을 쓰는 둥 마는 둥 해도 청소하는 셈이지만 우리 집은 외딴집이어서 혼자서 경사진 먼 길과 마을까지 쓸어야 했다.

어릴 때부터 이렇게 잠이 많지 않았다. 새벽부터 일어난 버릇이 지금까지도 끈질기게 이어지고 있다. 나이 따라 점점 심해져서 요즘은 밤을 새우는 날이 일상이 되어버렸다. 사람들은 잠이 없으면 얼마나 좋겠냐, 밤에도 많은 것을 할 수 있으니 남보다 앞서지 않겠느냐고 말했다.

그야말로 천만의 말씀이다. 어느 의사도 어떤 건강관리에도 넉넉한 잠이 건강에 필수요건이라 하지 않던가. 잠이 들지 않는다고 책이라도 들고 있는 날이면 단 한숨도 못 잔다. 온갖 생각으로 뒤척이더라도 불을 끄고 눈을 감고 자는 척이라도 해야 그날의 피로가 조금이라도 풀린다. 꼬박 밤을 새워도 다음 날 별 지장이 없다는 것이 바로 비정상이라 한다.

걱정하지 않아도 되는 일, 인간의 본능, 자동으로 되는 것, 세상에서 가장 쉬운 일이 잠자는 것이 아니겠는가. 여러 노력과 약, 용한 의사의 조언으로 하룻밤이라도 세상모르고 자고 싶지만, 나에게는 꿈만 같은 일이다. 잠을 자게 하는 호르몬이 있다는데. 난 아마 그것의 결핍인 모양이라고 스스로 진단을 내리며 병으로 여기지 않았더니, 의사는 큰 질병이라고 병명을 붙여버렸다.

얼마 전 자정쯤에 살짝 졸렸다. 잠이 달아나기 전에 서둘러 잠자리에 들어 무슨 꿈을 꾸었다. 세상에서는 있을 수 없는 이상한 꿈을 한참이나 꾸는 듯하다 깼다. 몇 시간 잤겠지 생각하고 시계를 보니 겨우 20~30분이 지났을 뿐이었다. 오죽하면 어느 시인은 악마 같은 밤이

나를 속인다고 했을까.

타고난 신체 조건인지, 아니면 성격이 예민한 것인지는 알 수 없지만, 스스로의 노력으로는 불가능하다. 참으로 다행인 것은 나에게 없는 것, 갖지 못하거나 가질 수 없는 것은 억지로 얻으려 하거나 무모하게 헛수고를 하지 않는 태평한 마음을 가졌다. 집념이 강하지 못하고 욕심이 없어 이룬 것은 없지만, 한가롭고 여유로운 생활을 만들어 고요한 삶에 젖어 살 수 있다.

언제부턴가 자야겠다는 생각을 하지 않는다. 눈을 감은 채 나를 다독이고 음악을 듣고 오늘 혹 누구에게 실수라도 하지 않았는지 점검도 한다. 글이라도 한두 줄 끄적거리다 막히면 창밖을 내다본다. 외로운 조각 달을 보고 넌 왜 자꾸만 조각이 되느냐고 묻다 보면 살짝 졸려 불을 끈다. 사르르 잠이 들어 서너 시간 자는 날이면 그날은 성공이다.

만약 내가 잠이 많았다면 지금 어떤 모습일까. 지금과 똑같을 거라고 확신한다. 건강도 마찬가지다. 평생을 불면증에 시달렸지만 벌써 부모님 생전 나이를 넘었다. 잠을 못 자서 방해받은 일은 없었는데 나이가 드니 다음 날이 차츰 힘들어진다. 그렇지만 모자람을 채워보는 유익한 시간으로 밤을 이용하고 있다.

지금 시간도 늦은 밤이다. 바람 소리 들리고 몇 방울의 비가 추위를 몰고 오나 보다. 시간이 빠르다는 느낌보다는 수십 년의 겨울이 어떤 모습이었나 그리운 시절도 스친다. 지나온 날보다 바라보는 앞날이 더 적은 나에게 이 하룻밤은 얼마나 귀한가. 잠을 잘 자는 사람은 세상에서 가장 행복한 사람이다. 난 그런 복이 없어 마음이 허전하고 급하지만 애써 행복하려 하지 않는다.

문득 조기청소 하던 때가 그리워진다. 작고 어린 여자아이가 커다란 마당 빗자루를 들고 어둑어둑한 새벽길을 쓸고 가는 모습을 상상해 보라. 우리 집 식구 누구도 더 자라거나 그만하라는 사람 없었다. 학교에서 시킨 일이니 당연한 일이고 일찍 일어난 막내가 기특했을까.

길을 다 쓸고 와서 불 때는 언니의 부지깽이를 건네받는다. 밥이 끓는 솥 위로 아침햇살이 쏟아져 밥물 거품에 무지개가 뜬다. 누룽지라도 한쪽 얻을까 끝까지 앉아 불을 때던 잠이 없던 어린아이.

요즘, 어쩌다 손에서 놓치면 찾을 수도 없는 작은 수면제를 반으로 잘라 먹는 날엔 서너 시간 잠잘 수 있는 것도 감사하다. 불면에 붙들려 있는 내 육신과 정신을 놓아주어 바람 따라 흐르는 구름 마냥 자유롭게 할 것이다. 잠을 대신하여 나만의 방식으로 나와 소통하다가 새벽녘 잠깐 숙면의 맛이란, 조기청소 잘한다고 엄마가 숟가락에 돌돌 말아 콩가루 묻혀준 쌀 엿만큼 달콤하다.

보호자 없는 여자

며칠 전부터 배가 아프기 시작했다. 곧 괜찮아지겠지 하고 집에 있는 약을 찾아 먹었지만, 점점 더 아파서 어느 순간부터는 참을 수가 없었다. 가까이 사는 목사님 사모님에게 전화해 응급실로 갔다.

급성 맹장염이니 바로 수술을 해야 한다는 게 아닌가. 잔뜩 겁을 먹고 누워있는데 간호사는 보호자가 있어야 한다며 빨리 서두르라고 했다. 사모님이 자기를 믿고 얼른 수술부터 해달라고 동동거렸지만, 나와의 관계를 꼬치꼬치 묻는 간호사의 말에 점점 불안해졌다. 나를 데리고 병원에 간 사람이면 보호자라고 할 만도 한데 병원에서는 직계가족만 찾았다.

느닷없이 환자가 되고 보니 밤새 안녕이라는 말이 수긍이 갔다. 밤사이 무슨 일이 일어날지 한 치 앞을 모르는 게 우리 인생인가. 병원에서는 간단한 수술이니 걱정 말라고 했지만, 맹장염이 두려운 건 아니었다. 침대에 누워서 아픈 배를 움켜쥐고 듣는 '보호자'라는 말이 뇌리에서 사라지지 않았다. 혼자 사는 사람은 수술도 할 수 없겠구나. 마음이 아득했다.

나는 혼자 산다. 어찌어찌 살다 보니 나이가 들었다. 하지만 어디에서도 방해받지 않고 자유롭고 편안했다. 그런 날도 오래되다 보니 때로 쓸쓸하고 무료할 때도 있기는 했다. 어제나 오늘이나 똑같은 일상이 복인 줄도 모르고 가끔은 낡은 옷처럼 궁색하게 느끼고 있던 참이었다.

지금까지 나는 누구를 책임져본 적이 없다. 나를 책임져 줄 사람도 없다. 칠십이 넘도록 주위의 도움으로 살아오기는 했지만, 그건 어디까지나 도움일 뿐 그들이 직계보호자는 아니었다. 말 못 할 어려움도 혼자 견디며 잘 살아왔건만, 겨우 맹장염을 앓고 나서야 보호자가 필요한 걸 알게 되다니, 이런 난감한 일이 또 있을까.

그날 밤 잠이 오지 않았다. 닥친 일마다 스스로 해결했고 결과야 어떻든 다 지나갔다. 그런데 큰 병일수록 직계가족이 꼭 필요하다는 옆 환자 말에 다음 날도 눈을 붙이지 못했다. 뜬눈으로 이틀 밤을 보내는 사이 몇 사람이 문병을 왔으나 머릿속이 여전히 복잡했다.

사흘째 되는 날 퇴원해 집에 오니 광주에 사는 언니가 소식을 듣고 와 기다리고 있었다. 이것저것 싸 온 반찬으로 점심상을 차려 방에까지 들고 와 아기 다루듯 권했다. 여든 살이 넘은 언니의 보살핌을 받으면서 그저 고맙고 미안하기도 했다. 살살 집안일을 할 정도로 몸이 추스르게 되자 일주일 만에 언니도 내려갔다.

혼자서 빈방에 누워있으려니 다시 '보호자'라는 말이 떠올랐다. 커다란 화두 하나가 생긴 셈이다. 아플 때는 직계가족이 꼭 있어야 한다는 사실이 엄청난 무게로 짓눌렀다. 혼자 살아도 충분히 잘 살 수 있다고 자신하고 있었기 때문에 그 말이 더 크게 다가와 박혔는지 모른다.

이럴 줄은 정말 몰랐다. 가정을 이루지 않은 것이 나의 고집이나 오만, 뚜렷한 신념이 있어서는 아니었다. 오랜 세월 혼자 살아온 습관이 굳어지고 익숙해져 지금의 모습으로 살아왔을 뿐이다. 오랫동안 열지 않은 녹슨 자물통 같다고나 할까. 사람에게는 감당할 수 있는 일만 주어진다고 한다. 지금까지 그 말을 믿었다. 돌이켜 보니 제법 모질고 억척스러웠나 보다. 아무도 모르게 애쓰고 흘린 땀과 한숨이 얼마였는지.

밑도 끝도 없이 아들, 딸이 몇이냐, 손주는 몇 명이냐는 질문을 받는다. 또 가정을 왜 갖지 않았느냐는 말을 수도 없이 들었다. 그때마다 태연하게 변명했다. 긴 세월 동안 쏟아졌던 사람들의 궁금증과 쓸데없는 호기심도 갖은 방법으로 잘 받아들였건만, 보호자라는 단어 하나로 이제야 살아온 날들을 돌아보게 되었다.

며칠 후 산책을 나섰다. 좁은 오솔길에는 작은 꽃들이 방싯거렸다. 무슨 이야기를 하는지 나뭇가지에서 지저귀는 새를 한참이나 바라보았다. 지금까지 내 의지와 힘으로만 살아온 줄 알았다. 생각해 보니 비록 직계가족 보호자는 아니어도 멀고 가까운 주위 사람들 덕분에 이 자리까지 살아왔다. 사람만이 아니다. 지저귀는 새들, 풀꽃, 먼 하늘 구름까지도 나를 지탱해 주는 힘이었고 그동안 누렸던 자유와 평온으로 보호받고 있었음을 깨달았다.

어스름 내린 산을 뒤로하고 발길을 돌리니 찬바람 스친 풀숲으로 천천히 노을이 내려앉고 있었다.

막내의 소망

단출한 가족사진과 우리 집 가훈이 걸린 큰오빠네 아파트 거실이다.

올해도 어김없이 조상님의 차례상이 병풍 앞에 차려졌다. 반갑지 않으니 제발 오지 말라 해도 기어코 찾아온 설날이다. 우리 집안 풍습은 명절 전날 저녁에 차례를 모신다. 제삿날까지 빠짐없이 참석했는데 언제부턴가 일 년에 한 번 설날에만 간다. 오빠네 가족도 늘어나고 수십 년을 다녔으니 이제 몸도 말을 잘 듣지 않아 게으름이 났다.

두 오빠도 마음 가는 대로 하라고 쉽게 허락한 일이다. 혼자 다니기조차 힘들어 언제나 작은언니네 아들을 따라서 오후에 갔다. 밥 한 끼도 먹지 않고 차례나 제사를 모시기도 전에 조카들과 함께 나오곤 했는데, 늘 마음은 편치 않았다. 올해는 점심도 같이 먹고 몇 시간이라도 함께 있고 싶어서 혼자서 일찍 나섰다. 차례 음식을 조금 만들어 간다고 했더니 버스 타고 힘들 거라며 올케가 정류장까지 마중을 나왔다.

햇살은 화사하고 봄기운 실린 살랑바람에 도란도란 얘기하며 집에 도착했다. 올케가 현관을 들어서며 "막내 고모 왔어요." 하는데도 오빠가 보이지 않는다. 그사이 나도 신발을 벗으며 "저 왔어요." 하니 그제서야 오빠가 어서 오라고 반겼다. 순간 깜짝 놀라 잠시 멈칫했다.

작년 설에 보고 일 년 만인데, 오빠 모습이 몰라보게 달라져 순간 당황했다. 아프기도 했고 감기로 힘들었다는 소식은 들었지만, 이렇게 변한 줄은 몰랐다. 머리까지 백발이었다. 어느 지인이 연세 많은 오빠를 어떻게 일 년에 한 번을 보느냐고, 설까지 기다리지 말고 바로 찾아뵈라고 했던 말이 번뜩 생각났다. 못 본 듯 무심한 듯 들어가 식탁 의자에 앉았다. 너무 죄송한 마음을 들키고 싶지 않았다.

거실과 부엌에는 차례 준비가 되어있었다. 여전히 글을 쓰시냐고 여쭈었더니 이제는 그것조차 힘이 든다며 잘 지냈는지, 아픈 데는 없는지, 오히려 내 얼굴을 살피며 걱정이다. 그런 오빠에게 내가 어찌 여기도 아프고 이것이 어렵고 저것은 어쩌고… 어리광 같은 소리를 할 수 있으랴.

오빠는 방으로 들어가더니 한참 후에 옷을 갈아입고 모자와 마스크를 쓰고 나왔다. 종종 마른기침이 나오는데, 곧 작은오빠네와 조카들과 딸이 아기를 데리고 올 것이다. 가족들에 대한 오빠의 배려에 마음은 애틋하고 불안했다.

부모님이 돌아가시고 46년이 지났다. 그때부터 두 오빠는 아버지고 두 언니는 엄마였다. 나를 서울로 데리고 온 큰오빠다. 어떤 상황에서도 그토록 당당하시더니 그 자신감은 어디 가고 언제 이렇게 힘이 없어졌는지. 순리대로 살아온 세월과 최선을 다한 지난날이 너무나 허망하게 생각되며 모두 내려놓은 오빠의 표정이 담담하다.

모두가 바쁜 생활이다. 빨리 끝내고 집에 가서 각자 설 준비도 해야 하니 차례 시간은 해마다 빨라진다. 특별히 올해는 처음으로 본 외손녀가 있어 아기가 중심이 되어 분위기는 밝았다. 요즘 오빠의 새로운 즐거움이란다.

차례상 앞에는 구십이 된 큰오빠, 바로 아래 작은오빠, 그 밑의 작은 언니와 조카들과 사위 두 올케가 섰다. 나는 맨 뒤 부엌 싱크대 옆에 섰다. 아직도 내려놓지 못한 무거운 짐이 실려 있는 듯한 두 오빠의 처진 어깨만 바라보았다. 형제의 도움을 가장 많이 받고, 또 커다란 불효를 저질러 할 말이 없는 나는 조상님께 절을 올릴 자격도 없다. 거기에 기독교인이라는 이유로 두 손만 마주 잡고 고개를 숙인 채 생각에 잠겼다.

희미하게 깜빡이는 촛불 앞에 선 오빠들 모습이 몸과 마음을 다한 여한 없는 삶이어서, 오늘까지의 생애에 대한 고마움으로 조용히 마음을 모으는 것 같다.

여느 때와 달리 차례를 끝내고 떡국도 먹고 늦게 일어섰다. 건강 잘 챙기라는 오빠의 말이 따뜻하다. 작은언니와 헤어지면서 봄이 되면 또 오자고 약속했다.

집에 오니 제일 위인 광주 큰언니가 잘 다녀왔느냐는 전화가 왔다. 큰오빠가 많이 안 좋아 보이더라고 불쑥 말이 나와버렸다. 언니는 날 두고 무슨 소리를 하느냐고 놀라면서 서둘러 전화를 끊는 심란한 그 마음을 헤아리고도 남는다. 앞으로 내가 할 수 있는 일은 자주 찾아뵙는 일이다. 늘 조마조마하다는 큰올케의 근심에 찬 말이 가슴에 걸린다. 정신력만큼은 대단한 시댁 식구들이니 잘 버틸 것이라는 작은 올케의 위로가 힘이 되었으면 좋겠다.

내가 얼마나 무심했던가 반성하면서도, 나 역시 혼자의 삶이 얼마나 고달팠는지 알기나 하느냐고 외치고 싶어도 오늘의 오빠들 앞에선 그러면 안 된다. 이런 말이라도 해서 내 중심적인 성격을 감추고 싶었다.

큰오빠에게는 아직 남아 있는 일들이 머리에 차 있음을 안다. 삶은 지금도 엄연한 현재진행형으로 모든 역량을 쏟아 할 일을 끝낼 수 있기를 온 가족이 한마음으로 기원한다.

내년 설날 차례상 앞에서도 올해의 그림 그대로 나란히 설 수 있기를, 막내의 간절하고 외로운 소망 이루어지게 연약한 기도를 한다.

불효를 내려놓다

부모님 산소에 갔다. 이십 년도 넘은 것 같은데, 정확히 알 수가 없다. 고단했던 세월과 그리움이 함께 밀려들어 마음이 급했다. 고향집 마당을 거쳐 곧장 산으로 올라갔다. 상석을 잘 닦고 가지고 간 음식부터 차렸다. 올케와 두 언니와 내가 나란히 섰다. 절을 하려고 엎드렸는데 일어나지 못했다. 이제야 왔노라고, 혼자 왔으니 용서해 주시라고 했다.

어떤 상황에서도 큰소리 한 번 낼 줄 모르는 순둥이 두 언니도 이 자리에서만은 속울음으로 감당할 수가 없었나 보다. 아무도 없는 산에서 수십 년의 세월 속에 갇힌 각자의 신산했던 삶을 맘 놓고 쏟아냈다. 고비마다 명줄이 이어졌다는 구십이 된 큰언니, 복이 많은 듯 살며 안팎으로 몸과 마음고생 많았던 작은언니. 칠십이 넘어도 철이 없는 이 막내는 엄마가 돌아가실 때처럼 엄마를 불렀다.

그곳도 살만할 거라던 엄마의 말씀이, 나에게 혼자는 산소에 오지 말라던 아버지의 말씀이 봉분 안에서 다시 들려 나왔다. 더위를 느낄 만큼 따뜻한 삼월 말 햇빛이 엎드린 등위로 내리쬐었다.

얼마나 지났을까 몸을 일으켰다. 두 언니는 아직도 엎드린 채다. 먼저 일어난 나에게 올케가 "막내 고모, 더 많이 울어요." 한다. 마음을 추스르고 나머지 한 번의 절을 하고 다시 주저앉았다.

43년 전의 일이다. 그 해 넉 달 사이로 어머니와 아버지가 돌아가셔서 이곳에 모셨다. 일 년 넘도록 산 밑 외딴집에서 나 혼자 산소를 지키며 살았다. 두 언니는 결혼해 각자의 생활이 있었으니 하늘이 무너진 듯은 했겠지만, 땅까지 꺼진 듯은 아니었으리라. 나는 서른 살이었고 아직도 그때처럼 살고 있다.

아버지께서 위독하셨을 때다. 왕진 온 의사에게 아버지가 "나를 석 달만 더 살게 해 달라."고 간절하게 부탁하셨다. 의사는 석 달 동안에 꼭 하고 싶은 일이 있으시냐고 물었다. 아버지는 머리맡에 겁을 먹고 앉아있는 나를 가리키며 "저것을 어느 농사꾼에게라도 보내고 내가 떠나야 하지 않겠느냐."고 하셨다.

그 순간부터 난 불효자가 되었다. 내가 오늘 산소에서 엎드려 일어나지 못한 것도 내 뜻과 상관없는 부모님 처지에서 본 불효의 이유이기도 하다.

삶의 형태는 사람의 모습만큼이나 각자 다르다. 내 방식대로 즐겁게

때론 힘들게 잘 살아가고 있는데, 죄인으로 느낀 것은 아버지의 그 말씀이 아직도 가슴에 박혀 있기 때문이다.

엄마가 돌아가신 것만큼 슬픈 기억은 없다. 두 언니가 그 자리 채워 주고 두 오빠의 도움으로 오늘의 내가 있으니 걱정하지 마시라고 했다. 사는 것이 어떠했던지 산소를 십수 년 만에 가다니, 잘못은 틀림없으나 애써 변명한다면, 또 길고 긴 사연들을 풀어내야 한다. 즐거움은 새벽이슬만큼, 힘든 일은 여름 장마같이 길고 끈적거려 떨어지지 않았다. 천방지축으로 실수투성이에 먼 타국까지 가서 철들어 오느라고 무슨 틈이 있어야 고향도 성묘도 생각할 것이 아닌가.

내 삶의 모양이야 몸은 한없이 자유스러웠지만, 마음은 어딘가 묶여 있는 듯했다. 어쩌면 부모님을 위한 성묘라기보다는 우리의 불편한 마음을 씻기 위함이 아니었나 싶다. 노인이 된 지도 오래된 세 딸. 희미해진 옛 기억으로 스스로의 탓만이 아닌 지난 일에 붙들린 마음을 여기 부모님 앞에서 털어내고 있었다.

조금은 가벼운 마음이다. 엄마가 잘 만드시던 화전을 그리워하듯 수줍은 모습의 작은언니를 닮은 진달래 옆에서 도란도란 점심을 먹었다. 주위를 둘러보고 엄마를 만져보듯 봉분도 쓸어보며 그리움을 달랬다. 다시 못 올 수도 있다고, 편히 계시라고 말씀드리니 두 분의 밝은 모습이 얼비친다. 엄마가 손을 흔드시듯 보라색 제비꽃이 무리 지어 하늘거린다.

멀리 산소 정면에는 어느 지관이 문필봉이라 했다던 세 개의 작은 산봉우리를 처음 보았다. 가운데 봉우리 위에 하얀 구름이 멈춰있다. 마치 막내딸의 유유자적한 지금의 삶을 이제야 이해하겠다는 아버지의 편한 미소로 보였다. 용서받은 기분으로 작별 인사를 하고 산을 내려왔다.

옛집을 헐고 집을 새로 지은 지도 오래되었다. 없어진 장독대로 샘가로 곳간이 있던 자리로 텃밭으로, 하루에도 수십 리는 걸었을 엄마의 바쁜 동선을 따라 걸어보았다. 마당 한 편에 늙은 감나무가 외롭고, 지붕 위까지 늘어져 만발한 벚꽃은 하늘의 구름이 흘러내린 듯 눈이 부시다. 고목이 된 동백나무 아래 떨어진 씨를 보니 동백기름 발라 곱게 쪽진 엄마가 금방 눈앞에 섰다. 촉촉이 젖은 마음을 봄 햇빛에 말리며 마당에서 산소를 올려다보았다.

서로 다른 세계와는 그리움일 뿐이다. 각자 살아야 할 자리로 돌아가야 한다. 아쉬움 속에서도 무엇이 마음속을 뚫고 지나갔는지 속이 후련하다. 내가 가진 것으로, 나에게 주신 것으로 내 인생에 어울리는 멋진 삶을 살겠다는 약속과 함께. 나도 모르게 짊어진 불효라는 불편했던 짐을 수십 년이 지나고서야 고향집 마당에 내려놓고 집을 나섰다.

밑줄 그은 추억 하나

은행에 가는 길이었다. 운동 삼아 걸어보려고 종점에서 잠시 쉬고 있는 마을버스도 못 본 체하고 천천히 걸었다. 내리막길 아래에서 불어온 선선한 바람이 잘 만진 머리카락을 사정없이 헝클어 놓고는 장릉 숲속으로 달아났다.

내리막을 다 내려왔을 때다. 옆길에서 한 부부가 초등학교 저학년쯤 보이는 남자아이를 데리고 같은 방향으로 나를 앞서 걸어갔다. 아이의 투정 부리는 소리가 들렸다. 한참 후에 엄마가 아이에게 천 원짜리 한 장을 주었다. 아이는 금세 기분이 좋아졌는지 "야!" 하며 한 발 폴짝 뛰었다. 순간 아빠가 아이에게서 돈을 휙 빼앗으며 "왜 애한테 돈을 주느냐?" 나무라며 부인을 힐끗 쳐다보았다. 아이는 아무 말도 못 하고 발을 툭툭 차며 마지못해 따라갔다. 아이 엄마도 반응이 없다. 나는 뒤에서 걷고 있었으니 그들의 표정은 볼 수 없었지만, 아이와 엄마의 마음이 어떨지 짐작이 되었다.

불현듯 내 어릴 적 어느 날의 기억이 떠올랐다. 70여 년 전 우리 집에 아버지 친구들이 멀리서 자주 찾아왔다. 어느 날 옥색 두루마기와 하얀 두루마기를 잘 차려입은 아저씨 두 분이 오셨다. '저 어려운 손님들의 점심상을 무엇으로 또 차릴까'. 어린 나도 엄마의 걱정을 재빠르게 눈치챘다.

조금 전까지만 해도 나비를 따라 텃밭을 뛰어다닐 때, 파란 무언가가 있었던 기억에 그쪽으로 엄마의 치마꼬리를 잡아당겼다. 엊그제 남은 푸성귀 몇 포기까지 이삭 줍듯 다 뽑고 없는 빈 밭이다. 행여 푸른 잎 한 포기라도 남았을까. 다시 밭으로 장독대로 우물가로 바쁘게 움직이는 엄마를 따라 나도 종종걸음쳤던 모습도 눈에 선했다.

엄마가 부엌에서 바쁠 때 나는 꼬막손으로 아저씨들의 하얀 고무신과 까만 구두를 가지런하게 맞춰 놓았다. 툇마루에 두 다리를 할랑거리며 앉아 놀다가 분주한 엄마에게 아버지 방의 소식을 부지런히 전했다. 엄마의 애간장 녹은 밥상을 물리고는 아저씨들이랑 아버지는 속없이 웃기도 하고 시조도 읊조리며 한가로웠다. 저녁때가 다 되어서야 아저씨들이 방을 나섰다.

토방 아래 잘 놓인 신발을 보고는 나를 불러 착하다며 한 아저씨가 빨간 돈 두 장을 주었다. 그것이 돈이란 것만 짐작했을 뿐, 얼마나 큰지 작은지 그것으로 무엇을 살 수 있는지조차 몰랐다. 한 번도 만져본 적 없는 돈을 처음 받아 들고 너무 좋아서 한참이나 숨을 들이쉬고 있었다. 그 숨을 내쉬기도 전에 아버지가 내 손에 있는 돈을 빼앗아 다시 친구에게 건네버렸다.

아저씨는 한사코 나를 주려 했건만, 아버지는 기어코 되돌려 주고야 말았다. 아버지가 아무리 억지로 주었다지만, 다시 돈을 받아서 가지고 가는 아저씨가 아버지보다 몇 배나 더 미웠다. 우리는 먹지도 못하는 쌀밥에 엄마가 고생한 점심까지 먹고 가면서…. 그 서운한 허탈감은 어린 나이에도 가시에 긁힌 듯 상처가 되었다.

눈물을 가득 담은 채 울음을 참고 잠시 그 자리에 그대로 서 있었다. 아저씨들이 돈을 가지고 아버지와 함께 사립문을 나갈 때, 엄마도 인사하고 뒤돌아서며 나를 데리고 부엌으로 갔다. 엄마는 나보다 더 속이 상했으련만, 아직 따뜻한 부뚜막에 나를 앉혀놓고 다독였다. 다른 사람들한테서 돈 받으면 못쓴다고, 참말 같은 거짓말로 달래 주었다. 정말로 그 돈을 받으면 되는지 안 되는지를 난 아직도 모른다.

지금 생각하면, 돈의 유혹 앞에서 정당한 것이라야 한다는 건 어른에게나 특히 어린아이에게 어떤 의미가 있을까? 많고도 흔한 것이 돈이련만 쉽게 만져볼 수 없는 것은 그때나 지금이나 다르지 않다.

앞서가는 아이의 심정을 내 마음처럼 헤아리며 계속 뒤에서 걷는데, 나와의 거리가 점점 멀어졌다. 걸음도 쉴 겸 그만 가로수 그늘에 섰다. 제 부모와 뒤로 한 발 떨어져 기운 없이 따라가는 아이의 뒷모습이 보이지 않을 때까지 못 박힌 것처럼 서 있었다.

한참 만에야 깊은 꿈에서 깬 듯했다. 섭섭하기만 했던 아버지와 짠한 표정으로 어린 나를 달래던 엄마, 그리고 서럽던 내 마음까지 최근의 일보다 더 또렷하다.

특별히 잊히지 않는 기억은 조금은 슬펐던 일 가까이에 있었다. 지금도 아주 가끔 아버지께 돈을 빼앗기고 손등으로 눈물을 훔치던 한 아이가 보인다. 즐거운 일은 아니었지만 힘겨움 속에서도 어른들의 바른 삶을 배우며 살아온 것 같다. 그때 너무 잘 배운 게 탈이었나. 아직도 돈의 위력을 모르고 사는 서민 중 서민으로 불만 없고, 돈 앞에서만은 결코 몸을 낮추거나 움츠러들지 않는다.

학교에 입학하기도 전부터 돈 때문에 울었다. 가벼운 통장을 들고 은행을 가는 마음이 어릴 적 빨간 일원 짜리 앞에 무너지던 모습과 겹쳐왔다. 하지만 지난날은 모두가 그리움이다. 행여 기억이 달아날까. 애잔한 마음으로 신선한 추억 한 토막에 조심스레 밑줄을 그으며 다시 가던 길을 걷는 기분이 의외로 상쾌했다.

길

엘리베이터에 낯선 분과 함께 탔는데 '이 라인에 사느냐'고 친절하게 묻는다. '몇 호냐'고 해서 가만히 있기도 어색해 알려드렸다. 며칠 후, 벨소리에 문을 여니 그분이다. 찾아오는 것도 놀라워 엉거주춤하는데 어느새 현관에 들어서더니 신발을 벗으며 들어가도 되느냐는 말과 함께 거실로 들어선다.

나이는 나보다 약간 위로 보이는 제법 멋쟁이다. 어딘지 아는 것이 많아 보이는 인상이 좋은 할머니다. 문이 활짝 열린 방으로 직진하여 의자에 앉더니 내 생활을 차근차근 묻기 시작한다. 안 되겠다 싶어 햇볕이 좋으니 마당 단풍나무 아래 가서 얘기하자고 귤 서너 개를 들고 밖으로 나갔다. 운동기구 옆 햇볕이 차지하고 있는 의자에 앉았다. 나는 할 말이 없으니 재미있는 이야기나 해보시라고, 나를 궁금해하지 않도록 선수를 쳤다.

한참 전에 직장을 그만두고 집에 있으니, 우울증이 생겨 죽을 지경이라면서 시작한 이야기가 끝날 줄 모른다. 이야기는 첫머리부터 자신의 인생길은 자갈밭 길이요, 진흙탕 길이요…. 나와는 어떤 연관도 없는 남의 지나간 인생사에 머리가 지근거리면서도 하마터면 내 서러움까지 복받쳐 오를 뻔했다.

시간이 얼마나 지났을까. 두 사람의 그림자가 앞으로 길게 누웠다. 이제 그만 들어가자고 몇 번이나 사정하여 간신이 일어나 같이 엘리베이터를 타니 우리 집보다 다섯 층 위를 누른다. 자주 밖에 나가 산책도 하고 운동하며 잘 지내시라고 인사하고 집에 들어오니 쓰러질 듯 피곤하다.

그날 밤 쉽게 잠들지 못했다. 낮에 만난 분의 이야기가 아직 머리에 남아 있나? 아무리 뒤척여도 감은 눈 밖으로 희미한 길들이 나타났다 사라지곤 했다. 그분 이야기의 영향인지 칠십 평생의 걸음이 더듬어진다. 나락이 익어가는 논에 날아든 새를 쫓으려고 허수아비 줄을 흔들며 뛰어다니던 논두렁길, 묵정밭 같던 푸서리 길을 헤치며 나물을 캐던 일, 책보자기를 허리에 띠고 앞 산비탈 기슭으로 국민학교를 다니던 자드락길, 지금 생각해도 아슬아슬하게 위험한 길에서 무릎은 성할 날이 없었다.

힘든 줄도 고생인 줄도 모르고 사람 사는 것은 다 이러려니 무심히 지내다가도, 뒷마당에 앉아 흰 구름을 따라 멀리 도회지로 가고 싶었던 소녀, 채 철 들기도 전에 도회지로 나와 나이 들고 세상사를 조금씩 알아갈 때쯤, 나의 의지와 정반대 방향으로 바람이 불어왔다. 그 바람을 피해 깊숙한 자욱 길로 숨어들던 때도 있었다.

이렇게 여러 길을 걸으며 어른이 되었다. 하고 싶은 말이 너무 많았지만 들어 줄 사람이 없었다. 고난을 통해 자신을 알아가며 어디에도 지름길은 없다는 걸 알게 되었다.

호젓한 오솔길이 좋았다. 불만 없이 온갖 풍경에 정신을 잃고 살아오는 동안 어디를 걸어왔건 상관없을 만큼 마음은 안정되었다. 종종 떠오르는 고향마을 앞 바닷가의 험한 벼룻길도 그립고, 동네 골목을 다니며 떡 심부름 하던 고샅도 잊지 못한다.

나에게 편한 길은 별로 없었다. 일부러 이리 돌고 저리 꺾으며 걷고 숨었다. 뒤돌아봐도 보이지 않는 에움길이었지만, 빠르거나 편한 길로 걸어왔다면 메마른 정서에 살면서 꼭 겪어야 할 많은 것을 놓치고 말았을 것이다.

운 좋게 온갖 길을 다 걸어왔기에 추억으로 가득한 지금이 있다. 가진 것에 만족하며 여유 있는 마음으로 한가로울 수 있다. 길 이름에도 거칠고 험한 이름이 많은 것은 인생사가 그러하기 때문이리라. 순수한 우리 말의 길은 보이는 길보다 보이지 않는 길의 의미가 더 크다.

인생길, 나의 갈길, 나그넷길, 고행길 등 모두가 나만의 굽은 길을 걸으며 많은 세상 것들과 함께할 수 있는 것이다. 삶에서 앞이 보이지 않거나 막다른 골목으로 몰려 망연할 때도 우리는 새로운 길을 찾아 각자 제자리에 선다. 세상에 똑같은 인생은 없으니, 주어진 길로 묵묵히 걸어 오솔길에서 다시 고요한 샛길로 들어선 익숙한 삶이, 이처럼 평온을 가져올지 어찌 알았으랴.

엘리베이터에서 만난 그분의 일생이 진흙탕 길이라 하지만, 어떻게 그런 단정한 인상을 유지하고 있을까. 오죽 답답했으면 처음 만난 사람에게 어찌도 그리 깊은 하소연을 하는지, 긴긴 그분의 사연을 더 들어주지 못해 미안했지만, 쉽게 끝날 이야기가 아니었다.

이제는 지난 일이 되었으니 지금쯤 그 시절이 그리울 때다. 노년의 마지막 구간의 일상을 꾸며가는 건 오직 본인만이 할 일이다. 언제라도 다시 만나면 한 가지 취미 생활을 권해보고 싶다. 그간 힘들었을 심신을 편히 쉬며 다시 활기를 찾을 수 있기를 바란다.

한 계절이 가고 금방 추위가 오려고 한다. 겨울 어느 날 아침, 밖을 내다보았을 때, 새벽 눈이 모든 길을 다 덮고 소복이 쌓여있기를 기다린다. 아무도 지나가지 않아 평온히 침묵하는 숫눈길에 나의 새로운 발자국을 곱게 찍어놓고 뒤돌아서서, 그 발자국을 가만히 바라보고 싶다.

금지옥엽

겨울의 끝자락 날씨가 화창하다. 새해를 건강검진으로 시작하게 되었다. 결과가 좋으면 금방 새봄이요. 어디 한 군데라도 이상이 있다면 나의 봄은 먼 길로 돌아서 올지도 모른다. 검진 날짜를 예약하러 병원에 갔다. 북적이는 수납 창구 앞에서 오래 기다렸다. 차례가 되어 창구로 가서 진료계산서를 내고 서 있었다.

"여기서 일하는 직원이 내 가족일 수 있습니다."

계산대 바로 옆에 이런 문구가 있었다. 뉴스에서 종종 들었던 이야기가 번뜩 생각났다. 전화로 안내나 상담해 주거나 손님을 직접 상대하는 창구직원에게 별 이유도 없이 거친 말을 하는 사람이 많다고 들었다. 환자가 의사를 폭행하고, 승객이 기사에게 달려들어 운전을 방해한다는 불안한 세상이다. 하루에도 수많은 사람에게 진료받는 일을 도와주며 수고하는 병원 직원들이다. 서로 존중하고 배려해달라는 뜻으로 써놓은 글이란 걸 알 수 있었다.

컴퓨터에서 내 진료기록을 열심히 들여다보는 여직원의 목걸이가 유독 눈에 띄었다. 신분증이나 장식용이 아니었다. 굵은 줄에 걸려있는 직경이 약 3∼4센티 정도의 핑크색 동그라미에 하얀 글씨로 '금지옥엽'이라고 쓰여 있었다. 순간 창구에 쓰여 있는 글귀와 무관하지 않다는 생각이 들었다. '당신들을 위해 일하고 있는 나도 누구의 딸이요 아내이고 어머니인 귀한 사람입니다. 서로 예의를 지킵시다.'라는 뜻의 목걸이가 아닐까.

그곳에서도 사람들의 조급함이나 아픔에 대한 불안으로 가끔 직원에게 언성을 높이는 일이 있었나 보다. 직원이 일터에서 고객에게 취해야 할 의무가 있다면 고객으로의 자세도 있다. 공공장소에서 가끔 마음에 닿는 글귀를 만난 적 있지만, 오늘 이 한마디의 단어가 내 마음을 순하게도 하고 서글프게도 했다.

수납을 끝내고 영수증을 건네주는 여직원에게 고맙다는 인사를 깍듯이 하고 나왔다. 내가 먼저 마땅한 예의로 민원 상담자를 대해야 한다는 당연한 태도를 한 번 더 되새겨 보는 날이었다.

사람은 세상에 단 하나뿐인 귀하고 빛나는 존재들이다. 건강검진이 두려운 지금의 내 처지가 쓸쓸한데 남은 날을 어떻게 살아야 남에게도 나에게도 소중한 사람이 될 수 있을까. 집으로 오면서 내내 마음이 무엇에 걸리고 발걸음도 무거웠다.

chapter_3

알면 사랑하게 된다

오늘 이 순간에게

파마하러 미용실에 갔다. 올봄 들어 가장 더운 날이라고 한다. 긴 가운을 입고 어깨부터 덮고 있으니 무척 더웠지만, 참아야 한다. 전에는 보통 머리를 말고는 집으로 와서 쉬다가 시간에 맞춰 다시 갔는데, 오늘은 움직이기 싫어 미용실 안에서 시간을 보내기로 했다. 서쪽으로 향한 미용실 안은 전체가 그늘진 곳 없이 햇빛이 들어와 그 열기도 만만치 않다. 머리에 비닐 캡까지 썼으니 온몸에서 땀이 흘렀다.

미용실 안을 둘러보니 구석 장식대 위에 두어 권의 책이 꽂혀있다. 한 권은 소설이고 다른 한 권은 온통 한 사람의 얼굴만 찍힌 사진첩 같다. 사진 한 컷 한 컷 옆에 인생의 길잡이 같은 짧은 글에 관심이 끌렸다. 그 책을 들고 의자로 와서 차분히 넘겨보았다. 글은 얼마 되지 않으나 두꺼운 책으로, 저자는 음악을 하는 사람으로 나는 그에 대해 전혀 알지 못한다. 스스로 마음을 다스리고 주위 사람과 세상과의 소통의 방식이며, 평화로운 가정생활을 위하여 노력하는 자기의 생활철학을 쓴 것이라 했다. 들어본 것 같기도 하고, 들었지만 잊어버린 것 같은 글에 마음이 한껏 쏠린다. 주인에게 볼펜을 부탁했더니 메모지까지 넉넉히 주었다.

얼굴에서 땀이 흘러 마스크를 적셨다. 햇볕에 앉아 마지막 장까지 대충 골라 깨알 글씨로 쓰고 보니 손바닥만 한 메모지가 다섯 장이다. 한 시간이 넘었는지 중화제를 바르고 기다리며 쓴 글을 자세히 읽어 보았다.

누군가를 미워하려면 좋아하는 것보다 훨씬 더 큰 에너지가 소모된다. 행복이 무엇인지도 모른 채 무작정 찾아 헤매니 찾지 못한다. 불행을 내려놓으면 그 순간 행복이 보인다. 세상에서 제일 못 믿는 게 나 자신이다. 먼저 얘기한 사람이 반드시 후회하게 되는 게 이별의 법칙이더라. 소유하고 싶은 것이 막상 내 것이 되면 더 이상 가치를 느끼지 못한다.

세월의 힘은 강철을 녹이고도 남을 만큼 강하다. 그 어떤 슬픔이나 기쁨도 세월 앞에서는 밋밋해지는 법이다. 그러나 잊거나 이기지 못할 슬픔도 반드시 있다는 걸 나는 안다. 자기가 하고 싶은 일, 좋아하는 일만 하느라 무책임한 강자보다, 책임을 다하는 약자로 살아가는 것이 나의 삶의 가치이다…

다 쓸 수도 없는 이런 글을 쓴 사람은 보기에는 청년 같다. 나이를 짐작하기 어렵다. 흑백사진으로 패션잡지 화보 같은 의상, 길고 어수선한 머리카락 사이로 보이는 잘생긴 얼굴, 유학 시절 이야기, 악기를 다루고 노래 가사를 쓴다고 했다. 마누라 말만 잘 들으면 가정은 평화롭다고, 애들과의 관계에 무척 마음을 쓰는듯한 느낌을 받았다. 어떻게 살아왔길래 이런 건전한 정신을 갖게 되었을까. 궁금하여 자꾸만 책을 들추며 멋진 포즈의 사진을 더 눈여겨보았다.

파마가 끝났다. 나올 준비를 하는데 어느 노부부가 들어왔다. 주인과 잘 아는 단골손님인지 친근해 보인다. 할아버지는 멋쟁이시고 할머니는 초라해 보였다. 어쩐지 어울려 보이지 않은 것 같다. 할머니는 할아버지의 머리 모양에 대해 낱낱이 설명하며 젊게 보이도록 깎아 달라고 부탁하고 다른 이야기를 시작한다.

이 아파트단지에서 최근에 할머니 한 분이 고독사하여 여러 날 만에 발견되었다는 이야기다. 그 말을 듣자마자 갑자기 더위가 확 사라진다. 산뜻한 기분이 깨지면서 왠지 그 이야기를 더 듣고 싶지 않았다. 서둘러 메모지를 챙겨 계산하고 밖으로 나왔다.

분명 날씨는 더운데 가슴은 서늘했다. 무엇인지 모르게, 소중한 것을 얻은 듯한 기분으로 살짝 들뜬 마음이었는데 할머니 손님의 말 한마디에 머리가 어지러웠다. 이 말을 듣기 전 한 걸음만 빨리 나왔더라면, 머리도 정리되고 격언처럼 좋은 말도 가슴에 담아 즐거웠을 것이다.

그 책의 마지막에 "계산하지 않는 사람이 되고 싶다."라는 말까지 써 두고도 나 역시 그런 죽음일 수 있다는 훗날의 계산을 하고 있으니, 땀 흘려가며 남의 멋진 글 베껴오면 뭐 하겠는가.

지금까지의 삶과 앞으로의 남은 날 어느 순간에, 느닷없이 마주할 죽음을 조용히 혼자서 맞이할 수 있는 상상까지 했다. 발걸음을 멈추고 새싹이 피어나고 있는 나뭇가지를 들여다보며 생명을 생각하고, 하늘도 한 번 쳐다보며 운명을 생각해 보는 여유를 부렸다. 짧은 거리인데도 집에 가는 동안 수많은 망상을 탈탈 털며 집에 들어섰다.

산뜻한 머리 모양이 현관 거울에 비치는데. 잠깐! 조금 전 미용실에서 내 머릿속에 뭐가 지나간 거지? 오늘의 짧은 순간에 내가 갇히지 않기를 바라는 마음으로, 전화에 저장해 둔 음악 한 곡을 크게 켰다.

책이 나를 읽다

끝물 더위에 정신까지 흐려지는 날이다. 딱히 갈 곳도 없이 양산에 의지하여 집을 나섰다. 꼭 서늘한 곳을 찾고 싶어서가 아니라 무력함을 떨치려 무심히 밖으로 나선 것이었다. 정류장으로 가는 도중에 겨우 책방을 생각해 냈다. 아무 책이나 한 권 집어 들고 읽다 보면 하루가 넘어가겠지, 더위에 늘어진 안일한 생각이다.

책방은 몹시 붐볐다. 읽을 책이 정해지지 않았으니 마땅한 책을 찾느라 꽤 오랜 시간을 헤맸다. 진열대에서 제목이 아주 희한한 책을 발견했다. 내 기준에서 정말 눈에 확 띄었다. 얼른 집어 들고 책을 주르륵 넘기다 멈춰진 페이지, 어쩌면 하나같이 내가 하고 싶고 듣고 싶은 말만 쓰여 있는지 놀랍고 신기했다. 절대로 급하고 바쁘게 살지 않는 나는 좋게 말하면 억지로 하지 않고 순리대로 사는 것이요. 나쁘게 말하면 무능력에 게으른 성격이 편한 대로 사는 형이다. 그러니 가려운 곳 긁어주는 이 저자가 더없이 고마울 뿐이었다.

그 책을 들고는 읽을 곳을 찾아 큰 책방을 돌고 돌았다. 듬성듬성 놓여있는 의자에 내 자리가 있을 리 없다. 어디에 서서 읽더라도 집으로 돌아갈 생각이 없으니 어쩔 수 없이 시원함에 젖어 들었다. 점점 다리가 아프기 시작했을 때였다. 구석에 책장을 기대고 바닥에 나란히 앉아 책을 읽는 두 여학생을 보았다. 그 옆에 딱 한 사람쯤 앉을 수 있을 듯했다.

"학생, 나 여기 좀 앉아도 될까요?" 하며 눈치를 살폈다. 네 앉으세요, 하며 바로 몸을 움직여 한 뼘이나 됨직한 자리를 넓혀주었다. 무슨 대단한 것이 감사한 일이랴. 어디서 이런 고마운 모습을 쉽게 만날 수 있을까 싶었다. 고맙다는 한마디를 하면서 염치 불구하고 손수건을 꺼내 바닥에 펴려고 할 때다. 그냥 앉으셔도 돼요. 방금까지 누가 앉았다 갔어요. 그렇다면 먼지는 그 사람 옷에 묻어갔을 것이니 깨끗하단 말일까. 실은 바닥이 찰까 봐 손수건을 깔려고 하던 참이었다. 그 말이 재미있기도 하고 학생의 순수한 말이 얼마나 멋지게 들렸는지 모른다. 만약 어른들이었다면 좁은 곳을 비집고 앉을 생각도 못 했을 것이요, 그렇게 예쁘게 말하며 자리를 내어 주었을까.

"아, 그래요." 조금 어색하게 손수건을 접어 가방에 넣고 맨바닥에 앉았다. 사람들이 지나다니는 곳이라 다리를 펼 수는 없었지만, 정말 누군가가 앉아있던 바닥은 그리 차갑지 않았다. 책 내용이 궁금했다.

학생들에게 행여 방해라도 될까 봐 조심스럽게 책을 읽으려고 보니 수필이었다. 그때까지 무슨 책인지도 모르고 집어 왔으니. 두 여학생 옆에서 옹색하게 앉아 읽은 수필은 참말로 흥미가 있었다. 물론 내 생각과 작가의 사고방식에 유사점이 많다고 느꼈기 때문이다.

인간은 자신이 행복한 이유를 찾기보다는 불행한 이유를 찾는데 평생을 허비하고, 돈 때문에 자유를 계속 미루다가 한 번도 자유롭지 못한 채 늙어 죽게 생겼다는 위기감에 (…) 하마터면 열심히 살 뻔했다.

도대체 저자는 어쩌자고 내 마음을 이리도 정확하게 책에다 적어놓았나. 틀림없이 다른 사람에게도 공감을 주겠구나 싶었다. 이 사람은 열심히 살았는데 그렇지 않은 사람들과 결과가 비슷하였음을 보고 삶의 방향을 바꾸지 않았나 싶다. 그 방향이 내가 바라는 자유로운 삶과 맞닿은 것 같아 점점 설레는 마음으로 읽었다.

사람은 열심히 일하며 살아야 한다. 그 끝에 원하는 삶이 온다면 얼마나 좋을까마는. 꼭 그렇지만은 않다고 믿는다. 이 책의 저자처럼 때로는 자기의 방법으로 새로운 생활을 찾아 여유를 즐겨보는 삶도 행복일 수 있다. 인생에서 진정한 기쁨이 무엇인지는 잘 모른다. 내가 누리고 싶은 삶은 어디에도 메이지 않는 지나가는 바람 같기를 바라는 마음이다. 요즘 젊은이들 마음을 잠시라도 느슨히 풀어주는 효과도 있을 법하다고 느꼈다.

어차피 다 읽지 못하겠고 다리도 저리기 시작했다. '모두가 내 이야기야, 집에 가서 차분히 읽어야지.' 그날 책을 살 생각은 없었지만 그대로 놓고 올 수가 없었다. 다리가 펴지지 않아 앉은 채로 한 바퀴를 돌았다. 간신히 일어서려는데 학생이 나를 부축하려고 또 몸을 움직인다. 왜 벌써 가시느냐며, 다 읽고 책 두고 가도 된다고 걱정까지 해주었다. 어느 집 딸인지는 몰라도 부모와 환경을 상상해 보았다.

아직 열심인 두 여학생에게 내가 할 수 있는 가장 따뜻하고 축복되는 인사를 건네고 그 책을 사 들고 밖으로 나왔다. 퇴근 시간인지 횡단 신호를 기다리고 있는 사람이 엄청 많았다. 정류장에 서니 갈 때는 못 보았던 광화문 글판이 기분 좋은 내 눈에 오래 머물렀다. 돌아오는 발걸음이 왠지 구름 위를 걷고 있었다. 지식과 상식 도덕이나 예절 등 온갖 사람의 삶이 가득한 창고에서 그렇게 몇 시간을 보냈다.

그곳에서 어떤 기운을 받았을까. 돌아오는 길에는 오후의 후텁지근한 더위를 느끼지 못했다. 알 수 없는 향기에 젖은 기분인 걸 보니 학생들이 나를 봐주어서인지, 아니면 무엇인지 모르지만, 아직 움켜쥐고 있는 것이 있다면 마지막 하나까지도 포기하고 나만의 방식으로 삶의 방향을 바꾸고 싶어 하는 나를 위해서. 오늘 무심히 집어 든 책이 분명 나를 읽어주었나 보다.

생일 선물을 사다

벽에 기대고 앉아 공상에 잠겨 있다. 부족함을 채워보려는 보상 심리로 생겼을 법한 오래된 습관이다. 무심히 맞은편 달력에 눈길이 간다. 내 생일이 돌아오고 있다. 내 안에 숨어있는 또 다른 나에게 너무도 무심했던 내가 오늘따라 더 애틋하다.

문득 이번 생일에는 나에게 선물을 하나 해 주고 싶다. 스스로를 사랑하지 못하고 살았으니 위로도 해 줘야지. 연약한 몸을 지금껏 비포장 길로 끌고 왔지만, 불평 없이 아직 굴러가고 있는 나에게 고마움도 전하고 싶다. 무엇이 나를 즐겁게 할까 생각하니 끝이 없다. 옷마다 낡고 빛이 바래 마땅치 않았으니 옷 한 벌 사 주자. 처음으로 나에게 줄 선물이니 백화점으로 가야지. 다음 날 마음 변하기 전에 집을 나섰다.

여기저기 둘러보다 살짝 가격표를 보고 기겁을 할 뻔했다. 이건 완전히 번지수를 잘못 찾아간 것이다. 백화점 직원이 내 주머니 사정을 알 리가 없다. 옷은 입어봐야 한다면서 거울 앞으로 데리고 가 입혀주고 걸쳐봐 주기도 하며 잘 어울린다고 한다. 차마 비싸서 살 수 없다는 말은 못 하고 맘에 안 드는 척하며 그곳을 빠져나왔다.

허전한 마음을 달래려 하늘을 쳐다본다. 맑은 하늘에 목화솜 같은 흰 구름 한 점이 강아지 모양을 하고 떠가고 있다. 혼자 민망해서 살짝 웃음도 나왔지만 씁쓸한 마음을 감출 수 없다. 집으로 오려고 정류장에 서 있는데, 바로 맞은편에 또 다른 백화점이 보인다. 아직 아쉬움이 남았는지 살짝 오기까지 생겼다. '그래, 핸드백도 필요해. 오래전 어느 분이 사 준 이 핸드백을 지금까지 들고 다니잖아. 옷보다는 값이 싸겠지?'

내키지 않았지만 건널목을 건너 백화점으로 들어갔다. 책이랑 공책도 넣어야 되니 커야지. 이제는 검정색 말고 갈색으로 할까. 새로운 디자인으로 골라 값을 물었다. 역시나 놀라지 않으려고 태연하게 다른 것으로 고르는 척하며 슬쩍 나왔다. 조금은 허탈하고 모처럼 가진 기대가 산산이 흩어졌다.

'아니야. 아니야!' 애써 생각을 바꾼다. 조금 전까지 치밀었던 화는 가라앉고 지금 들고 있는 핸드백이 나에게 아주 딱 맞아 보인다. 멋쟁이도 아닌 내가 이 나이에 웬 백화점을 가서 기분을 상하고 있나. 순간, 잊고 있었던 좋은 생각 하나가 떠오른다. 급히 버스를 타고 우리 동네 책방으로 갔다. 언젠가 문예반 선생님이 수필집 한 권을 소개하며 꼭 읽어 보고 베껴 쓰기까지 해보면 글쓰기에 도움이 될 거라던 생각이 났다. 아주 훌륭한 선물이 될 것 같다. 기분이 들뜨며 마음도 급해진다. 우리 동네 책방에는 그 책이 없었다. 그 길로 시내 큰 책방으로 향했다. 시간이 늦어 서둘러 책을 사 들고 돌아오는 버스 속에서 자세히 보았다.

그림 한 장도 없고 작은 글씨만 빽빽이 쓰여있는 두꺼운 책, 목성균의 수필전집 ≪누비처네≫다. 해설을 제외한 수필만도 100편이 넘어 장장 625쪽이다. 이걸 내가 다 쓸 수 있을까. 걱정하면서도 다시 동네 문구점에 가서 공책도 샀다. 그날 하루를 그렇게 덤벙거리며 보내고 나니 얼마나 피곤하던지 집에 와 벌렁 누웠다. 누운 채로 책을 들고 고민했다. 순간 엄마 말씀이 떠올랐다.

"사람은 언제나 손보다 눈이 먼저 게으르다."

그래, 써 보자. 그래야 내 선물이 되지. 한 번 읽어 본 후에 쓰고 싶었지만 생일 때까지 다 쓰려면 시간이 부족할까 싶었다. 조급해진 마음에 쓰면서 읽기로 하고 그날 늦은 밤부터 쓰기를 시작했다.

한 편 한 편 베끼다 보니 글 속에 빠져들었다. 이런 추억은 나도 있는데, 우리 집이 이렇게 살았는데, 이런 단어는 어떻게 생각해 낸 걸까. 천재보다 노력하는 사람이 낫고 노력하는 사람보다 즐기는 사람이 더 낫다는데, 이 작가는 틀림없이 글쓰기를 즐기는 분일 거야. 작가가 한없이 존경스러울 때, 문학적 감각에 둔한 나 자신이 얼마나 빈약해 보이든지. 하지만, 문장에 감탄하고 내용에 감동하며 즐기면서 써 나갔다. 어린 시절이 어른거리고 내 삶의 실체가 보인 작품에서는 눈이 젖어왔다. 모두가 추억이었다. 어찌 보면 인간의 삶은 과거 속에서 미래를 찾으며 살아가는 것인지도 모른다.

베껴 쓰기가 끝나는 날, 날개를 달고 하늘 끝까지 날아오른 기분이었다. 내 생애 처음으로 나에게 줄, 그것도 이렇게 멋진 선물까지 만들어 놓고 행복했다. 어느 한순간도 치열하게 살아본 적 없는 내가 자신의 생일선물을 만드는데 온 힘을 쏟은 것이다. 이제 늙어 붙들어야 할 소일거리는 글로써 내 마음 쏟아놓기 뿐이라 생각해서이다. 이것이 나다운 모습이라 생각하니 스스로 흐뭇했다. 내가 돈이 많지 않아서 이렇게 다행스러워 본 적이 있다니….

500권의 책을 베껴 쓴 사람도 있다는데, 겨우 한 권의 책을 베껴 쓰고 호들갑을 떨고 있지만 나를 위로하고 감사하기엔 부족함이 없다. 자신을 사랑한다는 것이 나로서는 쉽지 않다. 이제 내 나이 이쯤에서 이룰 수 없는 것을 붙들고 있다면 다 버리고 자유로워지는 것이 나를 사랑하는 것임을 알았다. 백화점 상품에서 베껴 쓰기 한 권으로 바뀐 선물이 내 맘속에 새로운 기대로 부풀게 한다. 세상 물정에 어둡고 어딘가 부족함이 있는 내 본성이 앞으로 쓰고 싶은 한 줄 한 줄의 글 속에 그대로 스며들기를 바란다.

큰오빠의 소설

두꺼운 책은 첫 장부터 목이 메었다. 한의 세월을 살다가 아직 아까운 연세에 세상을 떠난 엄마가 소설의 시작부터 눈앞에 계셨다. 큰오빠는 80세가 넘었다. 암 수술을 받고 투병 중에 장편소설 한 권을 썼다. 암이라는 병의 진단을 선고라 하는 것은 그만큼 완치가 어렵다는 말일 것이다.

큰오빠는 마음이 급하더라고 했다. 처자식에게 남겨 줄 것이 너무도 궁해서 늘 마음 한구석이 아렸다. 아무 힘도 없고 언제 생을 마감할지 알 수 없는 처지가 되어 불안했단다. 아쉬움 많은 삶이었지만 살아온 흔적이라도 남기고 가족에게 집안 내력도 알려줄 겸 해서 자전적 소설을 쓰기 시작했다. 얼마나 마음이 급했으면 4개월 만에 장편소설 한 권을 완성하여 덜컹 출판했을까.

책을 본 사람마다 잘 썼다, 이런 집안이었냐, 부모님 이야기까지 찬사를 보내왔다.

그럴수록 오빠는 출간된 책이 점점 불만스러워졌다. 급하게 제작하느라 오자가 많고 표지와 책 제목, 걸리는 문장도 여러 군데 보였다. 그러는 동안 몸은 많이 회복되어 완치판정을 받았다. 불안하던 몸과 마음에 조금씩 여유가 생기다 보니, 소설을 다시 뜯어고치고 싶은 마음이 들었다.

오래전 수필가로 등단한 오빠는 다시 용기를 냈다. 일생을 정리하는 마음으로, 잘 썼다는 주위 사람들의 격려가 힘이 되어 소설을 다시 쓰다시피 하여 개정판을 냈다. 먼저 책과는 너무 달라 헌 집을 리모델링한 듯 산뜻한 책이 새로 출간되었다. 직접 스케치한 그림으로 표지를 장식하고 큰 단락마다 내용에 걸맞은 간단한 그림도 넣었다.

장편소설 『이즈반도에서 만난 미치코』, 큰오빠는 어려서부터 무척 똑똑했다. 육 남매 중 둘째로 장남이다. 도회지에서 태어나고 나중에 시골로 이사했으나 오빠는 학교에 다니느라 도시에 남았다. 방학 때면 친구들을 데리고 와 놀기만 할 뿐 집안일은 거들어 준 적도 없다. 막내인 나와는 열두 살 차이다. 부모님이나 동생들에게 살갑게 대하지도 않아서 언제나 아버지 다음으로 어렵고 무섭기만 했다.

부모님 도움 없이 서울로 가서 직장에 다니고 사업을 하였다. 나를 서울로 데리고 가 고등학교를 책임져 주었다. 늦도록 결혼하지 않고 같이 살며 사업도 나와 함께 했다. 깐깐한 성격에 어느 것 하나도 쉽게 넘기는 일이 없었다. 큰오빠가 결혼하기만을 기다렸는데 늦은 나이에 결혼하였다. 올케는 내가 아는 사람이다. 자기 일을 하면서도 보기 드문 현모양처로 남매를 낳아 잘 키웠다. 무거운 입으로 누구와도 마음 상한 일 없이 온유한 성격이다.

늙고 기운 없어지니 한 가지라도 남기겠다고 쓴 자전적 소설은 30~40퍼센트가 우리 집안 이야기다. 불우한 시대에 태어나 아버지의 엄격함을 견디지 못해 중학교 때 집을 나간 둘째 오빠를 주인공으로 삼았다. 파란만장한 삶 끝에 시련을 이겨내고 아름다운 사랑을 꽃피워 부모님 앞에 나타나게 그렸다. 이 자전적 소설을 쓴 큰오빠는 가족과 사회와 용서의 의미를 독자들에게 알려주고 싶었다고 한다.

우리가 한 생애를 어떻게 살아가야 하는가를 생각하게 하는 사유 깊은 소설이다. 항상 어렵기만 했던 큰오빠. 이제는 함께 늙어 가며 성격도 부드러워지고 서로 애틋하여 건강하길 바랄 뿐이다. 우리 가족에게 가장 큰 아픔인 둘째 오빠를 소설 속에서 훌륭하게 살려내 조금은 덜 슬프게 해 주었으니 고맙기 그지없다. 자칫 기운 잃고 무료하게 지낼 수도 있는 연세에 또 단편소설로 등단까지 하니 서로가 높이 평가해 주며 존중한다.

엄마가 둘째 오빠 얼굴 한번 보고 돌아가셨더라면 얼마나 좋았을까. 큰아들이 쓴 소설이라도 보셨더라면 하는 애절함에 끝까지 엄마를 붙들고 읽었다.

"어머니… 소설 주인공 무일(둘째오빠)이 부른 어머니란 소리에는 인생의 가치와 보람이 자식이라는 만고의 진리가 들어있다. 어머니와 탯줄이 이어졌던 자식만이 그 존엄한 이름을 부를 수 있는 존재였다."끝내 만나지 못한 어머니와 동생을 생각하며 작가가 소설 속에서 한 말이다. 큰오빠의 삶, 우리 가족의 애환, 특히 엄마의 한을 깊이 추억한다. 지난했던 여러 모진 날도 그리워지는 우리 오 남매. 모두는 차례대로 나란히 곱게 물든 노을 아래 서 있다.

'우리 둘째 오빠는 지금 일본에서 잘살고 있다.'라고 큰 위안을 받고 있다. 막내가 서투른 솜씨로 큰오빠가 쓴 소설 이야기를 그려 보았으나 어찌 다 표현할 수 있으랴. 다 쓰지 못한 사연은 아쉬운 여백으로 남겨둔다. 천생으로 만난 큰올케가 귀한 가족 이야기로 가슴속 가득 채우기를 기원한다.

책장에 꽂혀있는 소설을 가만히 바라보며 우리 가족을 생각한다.

내 비록 기어갈지라도

십여 년 전 미국에서 살 때다. 낯선 한국인 가정에서 두 아이의 육아를 맡았다. 큰아이는 밖으로 나가자 조르고 작은아이는 업어달라고 칭얼거리며 울어댔다. 아이를 낳아 보기를 했나, 언제 키워 보기나 했나, 약골인 체구에 남의 아이를 둘이나 키우게 되었으니 너무나 힘에 부쳤다. 어려서는 귀하게 자랐고 커서도 힘든 일 한번 해 보지 않았건만, 오직 생계를 해결하기 위해서 쉽고 궂은일을 가릴 처지가 아니었다.

서울에서 공예사업을 할 때야 마음고생은 했을지라도, 그렇게 몸으로 겪는 고생은 난생처음이었다. 그때마다 먼 나라에 와서 이 무슨 꼴인가, 내가 미국까지 와서 고작 이런 일밖에 할 수 없구나, 생각하면 눌렀던 설움이 올라왔다. 아프고 지칠 때마다 끌고 갔던 여행 가방을 몇 번씩 돌아보았다. 그 속에는 처음이자 마지막으로 마음에 두었던 사람과의 좋은 시간이 담겨 왔다. 또 하나, 전 재산을 사라지게 한 사람까지 여행 가방에 담겨 따라온 것 같아 수시로 열었다 닫으며 실랑이 했다.

가방 속에는 서울을 떠나면 잊힐 줄 알았던 아픔과 그곳의 고단함까지 섞여 들어앉아 웅성거리면 마음은 더 갈팡질팡했다. '그냥 돌아갈까.' 달력에다 서울행 날짜를 몇 번씩 적었다 지우며 변경했다. 아니야, 지난 일 같은 것은 잊어야 한다고 다시 이를 앙다물었다. 수시로 좌절하며 밤마다 몇 번씩 가방을 열고 닫았는지 모른다.

어느 날 애들과의 하루가 끝나지도 않는데 몸이 처지고 열이 나면서 어지러워 서 있을 수조차 없었다. 아픈 머리를 짚고 휘청거리다 흔들리는 벽에 기댄 채 잠깐 정신을 놓았다. 잠시 후 쓰러진 채로 간신히 눈을 떠 두리번거리다 보니 옆에 구겨진 신문이 있었다. 정신을 다잡아보려고 누운 채로 그 신문을 집어 펼쳤는데 거기에 시 한 편이 실려 있었다. 그 암담하고 절박한 처지에다 아직 정신이 몽롱한데 용하게도 글자가 눈에 들어왔다.

황새는 날아서/ 말은 뛰어서/ 거북이는 걸어서/ 달팽이는 기어서/ 굼벵이는 굴렀는데/ 한날한시 새해 첫날에 도착했다// 바위는 앉은 채로 도착해 있었다.

'이게 시인가, 이런 시도 있네, 시를 이렇게 쓸 수도 있구나.' 참으로 특이한 시도 있다는 생각에 얼른 일어나 자세히 보니 새해 특집으로 실린 글이었다. 무슨 일인지 아픔도 잊고 자리에서 벌떡 일어나 불빛에 대고 몇 번을 읽고 또 읽었다.

땅에서 하늘에서 살아가는 방식이 다르고 생김이나 속도도 각각인 동물들이 새해 한날한시에 도착했다는 구절이 사뭇 기적 같아 순간 황홀해졌다. 거기다 비가 오나 바람이 부나 가만히 앉아 날지도 뛰지도 않은 바위까지 도착했다니, 가슴은 기쁨으로 넘쳤다.

각자의 능력대로 묵묵히 제 길을 간다는 글에서 초연함과 겸손과 자신감을 느꼈다. 아마 시인도 세상을 나름의 역량대로 살기를 희망하며 이런 시를 썼을지 모른다. 당시엔 작가나 제목도 제대로 기억하지 못한 채 짧은 시로 인해 많은 위로를 받았다. 시의 힘이었는지 몰라도 어려운 미국 생활을 견디고 살 수 있었다. 그날 이후부터 노래처럼 시를 중얼거리며 가슴에 품고 살았다. 마음이 편하지 않을 때나, 힘든 일이 있을 때, 사람과 갈등이 생길 때도 이 시를 읊으면 얽힌 타래가 풀리듯이 편해졌다.

귀국 후 친구와 광화문을 지나갈 때다. 내가 시를 암송하면서 이 시로 인해 미국에서 많은 힘이 되었다고 자랑했더니 친구가 깜짝 놀랐다. 어느 해 겨울 교보문고에 걸개로 내걸려 많은 사람에게 회자되었다는 게 아닌가. 그제야 지은이가 반칠환 시인이며 제목은 〈새해의 첫 기적〉이란 걸 확실히 알게 되었다. 내가 좋아한 시를 친구도 같이 알고 있다는 사실에 친구가 더 가깝게 느껴지고, 그 시인을 만난 듯이 반갑고 새롭게 들뜨기까지 하였다.

먼 이국땅에서 10년 동안 나는 걸었던가. 기었던가. 날고뛰는 사람들 속에서 언제나 자신이 없었지만, 어떤 방법으로든 나는 살아오고 있었다. 주어진 환경과 삶의 방식이 다를지라도 특별한 재주 없이 부족한 채로 살아왔다. 황새처럼 날 수는 없어도, 말처럼 뛸 수는 없어도, 걸어서, 기어서, 굴러서 나도 오늘에 왔다.

나와 인연이 짧아 오래 함께하지 못했던 그 사람도, 나에게 적지 않은 해를 끼친 사람도 지금 어디선가 기든지 구르든지 뛰고 있을 것이다. 분명한 것은 사람마다 각자의 재주와 능력대로 산다는 깨달음이다.

이제는 누가 빠르다거나 느리다거나 그런 것들이 나에게는 아무 의미도 없다. 내가 비록 달팽이라 하더라도 부끄러워하지 않고 조바심내지 않고 내 길을 가고 싶다.

알면 사랑하게 된다

글쓰기를 배운 지 여러 해가 되었다. 습작하고 이론을 알아 갈수록 모르는 게 많다. 그동안 얼마나 생각 없이 살았는지 돌아본다. 과학이나 예술은 몰라도 사는 데 지장이 없다고 억지를 쓰면서도, 마음 한구석에는 알 수 없는 허기가 있었던 게 사실이다. 뛰어난 가능성이 없음을 알면서도 문학 공부는 계속하고 있으니 그나마 다행이다.

얼마 전, 모든 사물에 관심이 가기 시작할 무렵이다. 지금까지의 사고방식과 살아가는 방법에 찬물을 끼얹듯 정신이 번쩍 들게 한 책 한 권을 만났다. 최재천 교수의 『통섭의 식탁』이다.

처음에 큰 제목 글씨만 보고 밥 먹는 식탁인 줄 알았다. 바로 위에 지식의 만찬이라고 있는 것도 눈에 들어오지 않았다. 뭔가 이상하다 싶어 뒤쪽 표지를 살펴보았다. 자연과학, 인문, 사회 분야를 아우르는 56권의 지식 요리의 향연이라 적혀 있는 게 아닌가. 먹는 요리가 아니었다. 내가 나에게 얻어맞은 것 같은 기분을 어떻게 표현해야 할까. 그동안 읽은 몇 권의 책들은 그냥 건성으로 줄줄 책장만 넘겼나 생각하니 스스로 민망했다. 그만큼 저자가 나를 많이 부끄럽게 했다. 다행히 모르는 사람에게 부끄러워할 줄이라도 아는 것에 먼지만 한 가능성으로 이 책을 읽었다.

정신을 똑바로 차리고 '통섭'이라는 단어부터 찾아보았다. 사물에 널리 통함, 서로 사귀어 오감, 전체를 도맡아 다스림 등의 뜻이다. 통섭 학문이란, 둘 이상의 학문 분야를 복합적으로 다루는 학문이란다. 어쩐지 알 듯 말 듯 하다. 저자는 시인을 꿈꾸다가 과학자가 되었다. 과학자가 차려놓은 재료들로 우리만의 지적知的인 요리를 만들어 맛을 보라고 한다. 지식은 부족할지라도 문학을 공부한다는 내가 어떻게 이 요리의 맛을 보고 싶지 않을 수가 있겠는가?

마음을 가다듬는다. 시가 과학과 관계없는 것이 아니고, 예술이 자연 사랑과 무관한 것이 아니다. 과학이 문학과 연관이 없다면 수많은 과학책을 과연 쓸 수 있었겠느냐고 반문한다. 생명 있는 것들을 알아야 사랑하게 된다. 아는 것이 많아지면 글의 소재도 넘쳐난다. 자연에서 퍼온 글의 소재는 마르지도 않고 엄청난 이야깃거리가 흐드러져 있다. 남의 것을 가져오면 표절이 되지만, 자연에서 베껴온 것은 분명 발명이라고 저자는 강조한다.

가끔 소재가 없어 고심했던 것은 내가 아는 것이 없다는 확실한 증

거다. 한심하고 공허해진다. 책 읽기를 일이 아닌 취미 정도로 생각했기에 발전이 없었다. 첨단 과학이 만들어 놓은 수많은 편리함이 오히려 서툴고, 불편에 익숙한 옛날식을 따라 하면서 왜 더 많은 것을 알려고 하지 않았을까.

혼자서는 살아갈 수 없듯이, 빠르게 변해가는 시대에 어느 한 가지만 배워 평생 써먹기는 어려운 세상이다. 더 나은 인생은 바라보지 못하고 이리저리 수고를 피하며 적당히 살아온 아쉬움이 크다. 나이 많음을 아쉬워하지 말자. 수많은 사람이 노년까지 살아보지도 못한 채 세상과 이별을 하였다.

할 일이 있다는 것, 호기심이나 상상력은 생명을 연장해 준다는 말은 지금까지의 경험만으로는 삶에 도움이 안 된다는 뜻으로 이해한다. 모든 것에 관심을 가진다면 지식은 물론 노후에 꼭 필요한 덕목도 쌓아지리라 생각한다. 그렇다고 많은 것을 배우겠다는 뜻은 아니다. 이미 늦었다고 잊고 살아온 지 오랜 시간이 지났다. 내 삶을 더 멋지게 살 수 있는 나만의 철학이 필요했던 것을 늦어도 너무 늦게 깨닫는다.

아침에 공원을 걸으면서 앞날을 생각해 보았다. 정신적으로라도 지금보다는 나은 삶이라면 좋겠다. 장미가 만발했다. 색색의 장미꽃 사이로 씀바귀꽃이 노랗게 무리 지어 곱다. 장미와 씀바귀는 서로 무심한 듯, 흙의 영양분을 나누며 산다. 작은 꽃이 장미꽃의 밑 배경이 되어 사람들의 눈길을 멈추게 한다.

모든 생물은 직간접으로 관계가 있다. 관심을 가지면 살피게 되고 살펴보면 관계가 된다는 걸 느꼈다. 과학자나 나의 마음이 다르지 않음도 믿게 되었다. 무엇에나 어디에서라도 모든 사물을 배우는 자세로 보려고 한다. 삶에서 여러 지식이 필요한 것은 아니지만, 알고자 하는 노력이 꼭 나를 따라주기를 바란다. 내 취향이 아니거나 능력이 안 된다고 생각되면 눈을 감아 버린 나쁜 습관은 반드시 고쳐야겠다. 또 싫어하는 것에서도 가치를 발견할 수 있는 눈이 뜨이기를 기다려 볼 것이다.

지난 세월의 조각들로 며칠 동안 벌려놓았던 나의 메마른 식탁도 치운다. 모든 것을 다 아는 사람은 없다. 부족함에 대한 갈증으로 이 책에 가득 찬 지식의 부스러기 한 줌만이라도 내 것으로 살찌워, 남은 시간 동안에 다시 한번 멋진 식탁을 차려 볼 수 있기를 꿈꾸어 본다. 살아가는 일이 곧 배워가는 것이다. 늙어 가면서 조금씩 지혜도 쌓여 사람다워지는 것을 깨달으니, 많은 걸 알고 싶다는 목마름 또한 욕심이 아닌지. 그렇다고 가슴에 고여 드는 지적요리의 맛을 어떻게 포기할 수 있을까.

2018년 일기

돈을 쓰다 보면 흑자와 적자가 생길 수 있다. 올해도 어김없이 매월 적자인데 세상살이에 어리숙하니 당연한 결과다. 생활하면서 여러 군데서 아끼고 조여 봐도 별 차이가 없다. 가망도 없는 다음 달을 기다리며 불안정한 한 달을 보내곤 한다.

연말을 며칠 앞둔 오늘, 따뜻한 물 한 잔을 마시며 한 해를 뒤돌아본다. 한 푼이라도 아껴보려고 생활비 지출을 적어놓은 얇은 공책을 들여다보지만 소꿉장난 같은 자취 생활이니 기록할 것도 계산할 것도 간단하다. 그럼에도 나 나름의 방법을 찾아보려는 노력이다.

올 한 해 적자의 생활을 용케 잘 넘긴 이유가 전혀 다른 곳에 있음을 알게 된다. 돈이 아니고 무언가에 시간을 빼앗기면서 얼렁뚱땅 하루가 가고 일 년이 지나간 것이었다. 경제생활에서만 흑자, 적자라고 단언할 일이 아니라는 엉뚱한 생각에 가라앉은 기분이 조금은 밝아진다.

새해를 맞아서 바라는 일이 몇 가지 있었는데 어렵더라도 노력은 해 보기로 했다. 우선 이사해야 하는 일이 없기를 간절히 바랐다. 사실은 살던 곳을 벗어나고 싶었지만, 처해있는 형편으로는 상상조차 할 수 없는 처지였다. 그 자리에 가만히만 있게 되면 다행이다 싶었다.

내일을 알 수 없는 세상이라더니 초여름 어느 날 기대와는 정반대로 이사를 하게 되었다. 어려운 일이 있었지만, 좀 더 나은 환경인 지금의 집으로 이사하였다. 어떻게 내 바람과는 반대의 일이 일어나는지, 보이지 않고 들리지 않는 곳에서도 늘 일은 벌어지고 있었다.

한 가지가 해결되면 또 새로운 일이 찾아온다. 걱정거리는 아니었지만, 반드시 중국에 한 번 다녀와야 한다는 부담이 해를 거듭할수록 커 갔다. 그곳에 한순간도 잊을 수 없는 고마운 사람들이 있기 때문이다.

뜻하지 않았던 일로 중국에서 일 년을 보낸 적이 있다. 올해로 22년 전의 일로 목적도 없이 빈손으로 간 생면부지의 나를, 이유도 묻지 않고 따뜻이 맞아 일 년을 무사히 지낼 수 있게 해 준 고마운 가정이 있다. 먼 곳에 떨어져 있지만 지금껏 정을 깊이 쌓으며 서로를 잊지 못하고 있다. 드디어 한 달간의 긴 가을 여행을 하게 되었다. 큰 숙제 하나를 해결하니 한결 가벼운 마음이다.

지금까지 이루어 놓은 일 하나 없이 무엇을 하며 살았는지 모른다. 취미 생활조차 하나도 제대로 없어 소일거리를 찾아 문학 공부를 선택했다. 나름대로 열심히 배워 보겠다고 출석을 잘하고 습작하기를 5년,

어디선가 그간의 평가를 받아보고 싶은 건방진 생각이 들었다. 아쉬움이 점점 커서 선생님의 허락을 받아 수필가로 등단까지 하였다.

원하지 않는 사람에게는 별것 아니겠지만, 일흔 살이 넘어 작은 것 하나 이루었다는 사실 하나에 의미를 두고 싶을 뿐이다. 누구나 할 수 있는 일에 특별한 나만의 감정은 있을 수 없다. 올 일 년 동안 살아온 날들을 하나하나 더듬어보니 분명 흑자를 낸 일 년이었다. 소망했던 일이 바르게 또는 반대로 이루어졌다.

올해 나에게 일어난 일에는 도움의 손길 덕에 내 가계부의 사정에 큰 영향이 없었다. 경제가 어려웠다고 그 외의 일상까지 힘들게만 생각해야 하는가에 마음이 쏠렸다. 올해 있었던 이 세 가지 일에 보낸 시간이 꼬박 일 년이다. 가계부에 매달려 근심하는 시간보다 해결해야 할 다른 일에 정신이 팔려 돈에 대한 걱정이 빛을 잃은 샘이다.

이제는 알았다고나 할까. 하루를 보내는데 언제나 흑자가 나는 일상이면 좋겠다. 작은 일에도 가치를 두고 거기에 돈보다는 시간을 들여 보면 어떨지. 꼭 해보겠다는 자세라면 좋은 일과 함께 뜻있는 나날을 보내리라 생각한다.

바쁘게 무사히 해를 넘겼다. 훗날, 추억으로 떠오른 것이 돈에 쪼들리던 기억뿐이라면 이 일을 어쩌랴. 실패의 기억도 소중한 것은 그 실패의 원인을 알게 되었기 때문이다. 어떤 문제에도 답은 자신에게 있다는 것이 내 경험이고, 나의 하루 역시 내가 만들어야 한다. 보통 사람은 꿈도 보통의 것이라야 한다는 생각이다. 2018년은 소소한 나의 꿈들이 이루어졌다. 스스로 갈등 겪지 않고 마음 편한 기분에 나를 놓아주니 환경을 두려워할 필요도 없어졌다.

흑자 인생이란 말은 들어본 적 없지만, 모처럼 만의 만족에 허둥대던 지난날들이 꿈만 같다. 오늘도 평온하기 위해 두 가지 일은 하지 않았다. 조용하고 가지런한 하루이기를 바라며 살아가는 이런 방법에 무슨 틀에 박힌 이론은 필요하지 않다.

식어버린 물을 한 모금 마시며 일 년간의 생활비가 적힌 공책을 덮는 마음이 참 평온하다.

어부의 노래

며칠 전 전철에서다. 어느 남자분이 내가 앉은 의자 끝에 기대고 서서 전화를 들여다보고 있었다. 작은 소리로 노래가 들렸다. 가만히 듣고 있다가 나도 모르게 의자 등받이에서 몸이 떨어졌다. 아주 오래전 장소에서 어울리지 않은 이 노래를 듣고 기분이 몹시 언짢았던 기억이 떠올랐다.

나와 스무 살 가까이 차이 나는 조카가 있다. 결혼을 앞두고 함 들어오는 날이었다. 언니네와 가깝게 살고 있어 밤늦게 함을 구경하러 오라고 해서 갔다. 손님들은 다 가고 언니네 식구들만 있는 줄 알았더니 아직 떠들썩했다. 어쩐지 들어가기가 좀 어색했다. 갈 자리가 아닌 듯하지만, 기왕 간 김에 집 안으로 들어갔다. 솔직히 함 구경을 하고 싶었다. 거실에는 신랑 될 사람과 친구들, 남자 조카들까지 술상을 놓고 시끄러웠다. 사윗감이 나를 알아보고 반기며, 우리 처이모님이라고 친구에게 소개했다. 모른 척해 주었으면 좋았으련만 그 소개가 얼마나 어색했던지 모른다. 상 옆에는 여러 개의 봉투도 있고 구멍 뚫린 오징어가 실을 달고 엎어져 있었다.

식구들은 방에서 그 사람들이 가기만을 기다리고 있는데 가기는커녕 한 친구가 노래를 불렀다.

푸른 물결 춤추고/ 갈매기 떼 넘나들던 곳// 내 고향집 오막살이가 / 황혼빛에 물들어간다⋯.

가만히 들어보니 곡조나 가사가 애잔하게 가슴에 와닿았다. 처음 듣는 노래였다. 내가 워낙 즐거운 노래보다는 조용하고 조금은 애수가 깃든 노래를 좋아한다. 그래도 그렇지. 왠지 오늘의 이 자리에는 어울리지 않는다고 생각되었다. 축복의 자리에서 멋있는 축가를 불러야지. 아니면 젓가락으로 상이라도 두들기며 흥겨운 노래라도 부르면 좋을걸. 내 속으로는 줄곧 못마땅했으나 식구들에게 말할 수는 없었다.

지금 생각하면 식구들 역시 노래가 씁쓸했을지라도 참고 있었을 거라고 여겨진다. 새벽이 다 되어서야 신랑감이 친구들을 데리고 갔다. 그 노래가 궁금했다. 그때는 컴퓨터도 스마트폰도 없었으니 찾아볼 수도 없었다. 나중에 여러 사람에게 물어 배워서 흥얼거리다 잊어버리곤 했다.

일본어를 배우러 다닐 때다. 어느 날 선생님과 수강생 네다섯 명이 야외 수업이라고 나들이 삼아 한강 둔치로 나갔다. 초여름 오후였다. 시간 가는 줄 모르고 있으려니 서쪽 하늘이 붉어지기 시작했다. 노을이 스며든 강물에 일렁이는 금빛 윤슬은 하늘의 별이 몽땅 강물 속으로 쏟아져 내린 듯 아름다웠다.

할머니 선생님이 일본노래를 한 곡 부르셨다. 뒤이어 남자 수강생이 노래를 부르는데 바로 그 노래를 부르는 것이 아닌가. 굵직하고 맑은 목소리로 얼마나 잘 부르던지 푹 빠져들었다. 눈이 부시게 반짝이는 물비늘을 바라보며 듣는 그 맛이라니. 조카의 함 들어오는 날 들었던 분위기와는 어둠과 빛의 차이였다. 그 노래를 어떻게 아느냐고 물어봤던가? 그 목소리에는 누구의 말 못 한 가슴 아린 속 사정 하나가 노을 속으로 사라지고 있음을 아무도 모른다.

다시 세월은 많이 흘렀다. 이제는 목소리도 가라앉아 노래가 잘 나오지 않는다. 어쩌다 생각나면 혼자서 흥얼거려 볼 뿐이다. 그러다가 엊그제 전철에서 그 노래를 들으니 얼마나 놀랍고 반가웠던지. 우리 고향은 바닷가다. 고기 잡으러 나간 가장이 돌아오기를 밤늦게까지 기다리는 여인들의 애간장 타는 모습을 나는 어려서부터 느꼈다.

화롯불에 국 냄비를 올려놓고 졸아들까, 식을까, 올렸다 내렸다 하며 출타하신 아버지를 기다리는 엄마의 모습도 보았다. 그때가 언제였던가. 아득한 옛날 노래도 사람도 다 잊혀진 지금 뜻밖에 전철에서 다시 듣게 된 그 노래.

함잡이 젊은이도 일어학원 수강생도 전철에서 연속으로 듣고 있던 오십 대쯤으로 보이던 사람도 모두가 남자다. 세 남자가 수많은 노래 중에 그 곡을 골라 부르고 듣는 사정이 지금 엉뚱하게도 궁금하다.

나중에 그 곡을 찾아보았다. 박양숙이라는 가수가 불렀고 80년도 노래라 한다. 처음 들었던 날과 두 번째 세 번째 들었던 시간과 장소와 사람의 차이가 묘하게 교차했다. 세 사람의 모습이 다시금 뚜렷하게 눈앞에 어른거린다. 그들과 나의 깊은 의식 속에는 뭔가 그립거나 간절한 것이 맴돌고 있었던 건 아닌지. 깊은 생각을 할 일은 아니지만 우연한 일에도 지나간 한순간의 삶이 스칠 때가 있다.

함을 받는 자리에서의 불편한 생각은 부질없는 생각이었다. 지금 오십이 훌쩍 넘은 조카는 그때의 불길했던 이모의 마음을 모른다. 지금 생각해 보니 아마도 차츰 그 노래가 좋아졌나 보다. 일어학원 수강생이 불렀기 때문에 더욱 그랬다.

언제라도 조카와 황혼이 스러지는 바닷가에 가고 싶다. 그날을 얘기하면서 반짝이는 물비늘을 바라보며 〈어부의 노래〉를 함께 불러봤으면 좋겠다.

철없는 편지

"이 편지는 내 것이야. 보고 나서 반듯이 돌려줘야 해?"

미국에 사는 조카가 왔다기에 오랜만에 작은오빠 댁에 갔다. 올케는 보여줄 것이 있다면서 50여 년 전 나한테서 받았다는 편지 한 뭉치를 내놓았다. 내가 보면 분명히 울 것 같아서 보여줄까 말까 오래 망설였다고 한다. 그러면서 수필 공부를 한다니 글 쓰는 데 도움이 될까 싶어 잠시 빌려준 것이란다. 돌려주겠다는 약속을 하고 편지를 받아왔다.

함부로 만지지도 못할 만큼 낡아 부스러질 듯한 편지가 열여덟 통이다. 올케 말대로 눈물이 날까 봐 단단히 마음의 준비를 한다. 맨 위에 있는 편지 한 통을 집어 드니, 그때의 내가 맥없이 웅크리고 있다. 누렇게 바랜 얇은 이중 봉투에는 7원짜리 제1회 집배원의 날 기념우표가 붙어있다. 찢어질세라 천천히 편지를 꺼낸다. 그리고 조심스럽게 펴며 한 자 한 자 또박또박 읽어 나간다. 조금 긴장된 채 편지를 든 손이 가늘게 떨린다.

두통이 심해서 밤이면 흐려지는 눈이 초점을 잃는다. 주책스럽게 굵은 눈물을 자주 흘려 식구들에게 늘 야단을 맞아. 야간 대학이라도 가기로 맘먹었으니까 1월 말경에나 올라가게 될 거야. 손에서는 풀냄새 몸에선 땀 냄새가 풍겨도 마음은 아름답기만 해. 지금 보름달이 파리하거든. 저 달을 밖에 그냥 둔 채 자리에 쓰러져야 하는 내가 그저 안타깝고…. (1968 . 6 . 4)

서울에서 고등학교에 다닐 때다. 어려운 환경에 나는 늘 기운이 없었다. 서로의 사정은 잘 몰랐으나, 다행히 3년 동안 마음을 나눈 친구가 하나 있었다. 나를 딱하게 생각해 등록금을 내준 적도 있다. 대학에 떨어지고 시골로 가서 농사일을 도우며 후일을 기약했다. 서툰 농사일의 힘겨움과 대학에 가고 싶은 마음을 편지에 쏟아내어 그에게 보냈나 보다. 별로 기억은 없어도 친구에게서 답장도 많이 받았을 것이다. 그러나 무엇이든 모으기를 싫어하는 성격 탓에 친구한테 받은 답장은 한 장도 남아 있지 않다. 우리는 졸업하고 나서 더욱 친해졌다.

그 뒤 50여 년 동안 별일들을 다 겪지 않았던가. 싫고 힘겨운 농촌 생활과 시골을 벗어나고 싶은 마음, 대학을 가고 싶었지만 당시의 생활을 박차고 혼자 개척해 보지 못한 나의 무능함이라니. 그렇다고 지금에 와서 울 일이 아니다. 그때와 별다르지 않은 못나고 약한 현재의 모습에도 놀랄 만큼 담담하고 후회도 없다.

1967년부터 2~3년간 농촌 생활을 하면서도 공부하고 싶어 애달파 하는 안타까운 마음을 친구와 그렇게 나누었나 보다.

친구야! 어젯밤에 바닷가에 나가서 노래를 실컷 부르고 왔다. 뚱뚱했던 내가 점점 살이 빠지고 얼굴은 검게 그을렸어. 그래도 도회지 생활이나 돈벌이를 떠나 대학생 한 번 되어봤으면…. 인생의 도정에서 대학이 꼭 끼어야 한다는 것이 아닌 만큼, 이제라도 머리에서 떠나보내는 것이 좋겠지만 교복을 벗은 사회가 너무 무서워. 시골에서 사계절의 맛도 즐기고…. (1969. 3)

날짜를 보니 가장 늦게 보낸 편지다. 서서히 진학을 포기해 가는 듯하다. 흙 속에서 때를 기다리며 어둠을 참을 줄 아는 지혜가 없었다. 달을 혼자 밖에 두고 자야 하는 안타까운 마음을 가진 내 깨끗한 정서에 위안 삼는다.

그 후 다시 서울에 와서 살았다. 서로 오가며 잘 지내는 사이에 그 친구는 나도 모르게 작은오빠와 연애하고 있었다. 두 사람의 결혼으로 서울에서 어렵게 사귄 생기발랄하고 마음이 통한 친구를 올케로 얻은 셈이다.

지금은 1남 3녀의 어머니로, 오빠에겐 둘도 없는 친구 같은 아내로, 우리 집안의 든든한 며느리로 40여 년을 살고 있다. 친구로 때로는 시누이로 어느 때는 섭섭했고 때때로 너무 고마운 친구다.

기억도 없는 편지를 보면서 엄마와 언니가 했던 말이 생각난다.

"너는 서울로 가지 말았어야 했어."

나를 서울로 데려다가 어렵게 고등학교를 보내준 큰오빠가 들었으면 몹시 섭섭해할 말이다. 한편으론 그 말을 이해한다. 나도 그런 생각을 한 적이 있었으니까.

시골에서 갑자기 올라 온 서울살이가 많이 버거웠다. 내성적이고 소극적인 자세는 환경 탓이라기보다는 먼 날부터 이미 정해진 길이라 믿는 게 편했다. 시골에서의 생활을 돌아보니 자랑삼을 것이 하나도 없다. 하지만 그날들이 이미 추억으로 떠오르니, 지금의 내 정서의 바탕이 된 농촌 생활이 꼭 허무한 시간만은 아니라고 생각된다.

지금껏 이 편지를 보관해 준 친구야말로 풍부한 감성으로 글을 써야 할 것 같다. 무슨 일이라도 허물없이 털어놓을 수 있는 친구 겸 가족이다. 겹으로 인연이 된 곡절에 언제나 우린 즐겁지만, 가끔 지난날을 애기할 때면 함께 눈시울도 붉힌다.

실망에서 꿈으로, 새로운 기대에서 다시 서서히 체념해 가는 편지. 철없는 편지에서 현실과 자신의 무능을 받아들여 가는 과정을 느낀다.

스무 살의 요동치는 가슴속에 오늘의 잔잔한 내가 있었다.

나의 글짓기

어느 강의 시간에 들은 이야기다.

검은 안경을 쓴 사람이 길가에 깡통 하나를 놓고 그 옆에 글씨가 적힌 작은 팻말을 세워 두고 앉아있었다고 한다.

"나는 앞을 볼 수가 없습니다. 도와주세요."

수많은 사람이 지나갔으나 그 깡통에 돈을 넣고 가는 사람은 거의 없었다. 한 중년 남자가 지나가다 그 자리에서 걸음을 멈추었다. 그 사람을 가만히 보고 있다가 깡통 옆에 세워져 있는 팻말을 주인 모르게 살짝 가져왔다.

팻말 뒷면에다 "봄이 왔어요. 나는 봄을 볼 수가 없습니다."

이렇게 써서 다시 그 자리에 갖다 놓았다. 그러자 많은 사람이 돈을 넣고 가더라는 것이다. 중년 남자는 작가 지망생으로 문학에 재능이 없다고 번번이 글을 거절당하고 낙심해 거리를 배회하던 사람이다.

"봄이 왔어요. 나는 봄을 볼 수가 없습니다."

도와 달라는 말보다 얼마나 멋지고 가슴 적시는 말인가. 그 말을 듣는 순간 이것이 바로 시요 수필이라고 생각되어 가슴이 두근거렸다.

오래도록 이 이야기가 잊히지 않았다. 꼭 글로 써 보리라 생각하고 몇 줄 쓰기 시작했다. 너무 맘에 들어 수필 한 편쯤 술술 써질 줄 알았다. 그런데 마음 같지 않게 들었던 이야기 줄거리만 써 두고는 한 줄도 더 나가지 못했다. 기록문이나 잡문을 몇 줄 써 놓았을 뿐, 나에게 몹시 실망했다.

귀가 번쩍 뜨이고 보이지 않았던 글쓰기의 방향을 찾은 듯한 기분이었는데 글은 좀처럼 써지지 않았다. 그 중년 남자처럼 타인에게 관심이나 따뜻한 마음이 없어서인가. 참으로 한심스러워 쓰던 종이를 수없이 찢었다. 나에게 재능으로 할 수 있는 일은 없다. 깡통에 동전 떨어지는 소리를 간절히 기다리고 있던 그 사람의 심정이나, 한 줄의 글에 매달리고 있는 안타까운 내 마음이나 무엇이 다르겠는가.

길가에 하염없이 앉아있던 그 사람은 갑자기 동전이 자주 떨어지는 소리에 봄이 환하게 보이기 시작했을 것이다. 이것이 글 한 줄의 힘이요, 감탄이 나올만한 한마디의 위력임을 실감한다.

지금 나는 이 찬란한 봄을 눈으로는 물론, 온몸으로 보고 있으니 당연히 이 봄 속에서 사계절을 다 볼 수 있어야 한다. 사람을 감동케 할 수 있는 한 줄의 글이 이렇게 어려운지, 소재에 어울리는 형식을 갖추어 쓰는 것이 얼마나 힘든 일인지 나에겐 그저 꿈같은 이야기일 뿐이다.

글짓기는 내가 하다가 포기한 많은 것 중 가장 어렵다. 그래도 이것만은 그만두지 않겠다고 다짐했는데 어떻게 하나. 그동안 자신의 초라한 이야기를 쓴 몇 편의 습작이 내 손을 떠났으니 새삼 난감하고 씁쓸하다. 소질도 없으면서 공부한 지 얼마나 되었다고, 남의 마음까지 울렁이게 쓰겠다는 과욕을 부렸음이다. 글을 쓰고 싶을 때는 나를 찬찬히 들여다볼 수 있다. 지난날을 기억해 보며 지금 어떻게 살고 있나 스스로 물어보는 시간이다. 수필은 무슨 말을 해도 다 받아주는 어머니 같다고 생각되어 겁 없이 달려들었나 보다. 세상살이에서 나와 똑같은 경험을 한 사람은 없다. 어설픈 내 한 줄을 재미있게 읽었다는 한 사람만 있다면 다시 용기를 내 봄 직하다.

그 작가 지망생은 자기가 쓴 글이 길 가는 사람들의 마음을 움직였음에 자신감을 얻고 열심히 정진하여 유명한 작가가 되었다고 한다. 글짓기에 여러 부족함을 부끄럽게 여기며 부지런히 읽고 쓰며 배우자. 그 끝 어느 순간에 나도 남의 마음 한 자락쯤 부풀게 할 수 있으리라 믿어보려 한다. 나를 정화하는 도구로써 글짓기만큼 좋은 것이 어디 있으랴. 그것은 나 자신을 북돋아 주고 여기저기서 상했던 자존심도 회복시켜 줄 것이다.

좋은 글은 못 쓰더라도 이 길을 찾아 마지막 마음을 정착시킨 것이 내 일생 가장 잘한 일이다. 목적을 이룬 당당한 사람들의 모습을 볼 때마다 어디론가 숨고 싶었다. 이제 그 작가 지망생의 따뜻한 한 줄의 글 같은, 깡통에 동전 떨어지는 소리처럼, 내 글도 봄 같은 단어가 딸랑딸랑 떨어져 박힌 따뜻한 글 속에 나를 숨길 수 있기를 바란다.

꼭 그렇게 되리라 믿으며 이 계절을 사랑한다.

chapter_4

내가 가진 것

김자반 만드는 날

간간한 풀냄새가 집안에 그득하다. 혼자서 만들기는 처음이다. 보통은 김부각이라 하지만 우리 집에선 김자반이라 한다. 집안에 행사가 있거나 꼭 인사해야 할 사람이 있으면 이것보다 좋은 선물이 없었다. 사람이 많이 드나든 우리 집에는 항상 준비되어 있어야 하는 음식이다.

얼마 전까지는 필요할 때마다 언니가 와서 함께 만들었다. 무슨 큰 살림을 한 것도 아니고 꼭 주어야 할 사람도 없지만, 혼자도 만들 수 있을까 싶어 큰맘 먹고 시작해 보았다.

며칠 전부터 준비거리가 많다. 김은 미리 사다 두고 한나절 불린 찹쌀은 방앗간에서 곱게 빻아왔다. 참깨도 씻어 볶아두고 참기름과 진간장, 약간의 단맛도 가미해야 할 재료다. 준비는 그리 어렵지 않으나 가장 어려운 일이 찹쌀 풀 쑤기다. 풀이 너무 되직해도 안 되지만 그렇다고 묽으면 완전 낭패다. 적당이라는 것이 얼마나 어려운지, 멋모르고 설렁설렁 살아온 수많은 날이 신기하게만 느껴진다.

솥에 물과 가루를 어림잡아 섞고 조심스레 불을 켠다. 살아오면서 긴장했던 순간도 많았으련만, 이까짓 찹쌀 풀 앞에서 어느 때보다 마음을 졸인다. 두 언니 결혼할 때 이바지로 보내려고 만들면서 잘되기를 바라며 마음 졸이던 엄마 마음까지는 아니라도 조금은 불안하다.

눌어붙지 않게 긴 나무 주걱으로 부지런히 젓는다. 오래 젓다 보니 팔도 다리도 아프고 풀이 익어갈수록 한 손으로는 어렵다. 어딘가에 화풀이라도 하듯 힘껏 젓다 보니 끓어오른다. 주걱을 위로 올려서 풀이 뚝, 뚝 떨어지면 너무 뻑뻑하고, 물처럼 주르르 흐르면 묽은 것이니 알맞게 만들기가 사람 사는 일만큼 쉽지 않다. 주걱을 들어 올려 몇 번씩 흘려보니 뚝, 뚝도 아니고, 주르륵도 아니고 제대로 된 것 같다.

불을 끄고는 바닥에 벌렁 누웠다. 내가 왜 이걸 만드는가. 누구를 주려는가. 부질없는 일 벌였다고 한참이나 탓하고 있는 사이 풀이 다 식었다. 기술인지 실수인지 풀이 딱 알맞은 농도다. 식은 풀에 간을 해야 한다. 풀 색깔만으로도 간이 맞아야 하고 맛은 간 맞추기에 달렸다. 맛도 없는 들척지근한 풀을 몇 번이나 찍어 먹어봐도 짠지 싱거운지 도무지 모르겠다.

엄마도 나도 평생을 만들고 거들었지만, 반듯한 한 조각도 제대로 입에 넣어 본 적이 없었다. 이참에 맛이 없으면 내가 실컷 먹을 수 있겠다. 방과 마루를 깨끗이 치우고 넓은 비닐을 깐다. 쟁반에다 김 한

장을 놓고 양념 된 풀을 고루 바르고 또 한 장을 올려놓고 풀을 바른다. 내 얼굴에, 마음에 잡혀있는 주름들을 곱게 펴는 심정으로 손길에 온 정성을 다한다. 바르는 풀의 양에 따라 모양이나 맛에 차이가 있다. 하나하나 가져다가 비닐 위에 줄을 맞춰 널고 마르기 전에 풀 묻은 손을 얼른 닦고 마른 손으로 통깨를 뿌린다.

이런 시간이 가장 오래 걸린다. 남은 생에 피워야 할 꽃씨를 심듯 깨를 뿌리면 까만 밤하늘에 별이 총총히 박힌다. 날이 밝기 전에 아름다운 밤하늘을 눈에, 가슴에 새겨 놓아야 할 듯 마음이 급하다. 제자리에 와서 반복하여 200장에 풀을 발라 김자반 100장을 완성했다.

앉았다 섰다 엎드렸다 하고 나니 무릎에선 우두둑 소리가 나고 허리를 바로 펼 수도 없다. 사실 세 명이 같이 해야 할 일을 혼자 하느라 꼬박 하루가 걸렸다. 허리를 몇 번 두드리다 보니 맨 먼저 해둔 것이 어느새 예쁘게 마르고 있지 않은가. 엉금엉금 기다시피 해 어지럽게 널린 기구들을 치운다.

반짝거리며 말라가느라 사이를 띄우는 모양에 지금까지의 고생이 슬그머니 사라진다. 방바닥 온도를 조금 더 올리고 반쯤 말린다. 이때 여러 장을 포개서 묵직하게 눌러 모양을 잡아 다시 완전히 말린다.

잘 포개서 보관했다가 누구에게 줄 때 살짝 굽는다. 굽지 않고 본래의 네모반듯한 모양으로 주어야 보기는 좋다. 그러나 잘 굽기가 만만치 않으니 정성스럽게 만든 음식을 제대로 먹지 못할까 봐 구워서 준다. 기름에 구울 때 너무 구우면 쓴맛에 먹을 수 없고 덜 구워지면 딱딱해서 먹기가 불편하다. 먹기 좋은 크기로 자르기도 보통 일이 아니다. 처음부터 끝까지 온 마음과 정성을 다하는 김자반은 우리 엄마 일생 같기도 하고 나의 생활방식과도 닮았다. 마음먹고 만들 때의 설렘, 적당한 흥분과 긴장, 완성 때의 기쁨은 바로 삶의 쓴맛 단맛이다. 받는 사람의 표정이나 맛있다는 한마디의 만족감은 살면서 가끔 맛보는 양념 같은 행복이다. 일상에서 귀찮은 것 힘든 것 싫은 것 다 제하면 남는 날이 몇 날이나 되며 무슨 재미가 있을까.

혼자 시도한 첫 솜씨치고는 성공이다. 수십 년을 곁에서 거들며 보아 온 덕이리라. 잘 구워서 봉지에 나누어 담으며 줄 사람의 얼굴을 떠올린다. 한 조각이라도 남을까 했더니 오히려 부족하니 노력에 비하면 헤프기 짝이 없다.

세상에는 쉽게 사서 먹을 맛있는 음식이 넘친다. 그런데 이렇게 복잡하고 힘든 걸 왜 만드는가. 미련하고 답답하게 보일지라도 누군가에게 물건이 아닌 마음을 주고 싶을 때 김자반을 만든다. 더구나 우리 집의 김자반은 먹는 것이 아니라 주는 것이다.

바닥 여기저기 떨어진 깨를 주워 입에 넣으며 아쉬운 생각을 한다. 우리 엄마 평생의 자랑거리를 이어받아 처음이고 마지막으로 혼자 만들어 본 김자반, 이제는 힘에 부쳐 더는 만들 수 없겠다 싶은 쓸쓸함에 가득 담긴 봉지를 자꾸만 쓰다듬는다.

내가 가진 것

사람들은 자랑거리도 참 많다. 어디에서 들어봐도 나에게는 없는 종류다. 수필에서는 자기 자랑을 피하라고 배웠지만, 나도 꼭 한번은 자랑하고 싶은 것이 있다. 아무런 부담도 없고 의무도 책임도 없는 끈이지만 지금껏 나를 아껴주는 조카들이 많다. 지금은 중년에서 노년으로 가는 조카들 마음 씀씀이가 나도 모르는 사이에 든든한 내 울타리가 되어있다.

그들의 부모인 두 언니와 두 오빠의 생활방식은 답답할 만큼 올곧다. 그런 가정생활이 자식들의 눈과 마음에 스며들어 선하고 맑은 심성으로 나타난 것이라고 생각한다.

그들 엄마의 여동생, 아버지의 여동생 하나가 사람들이 정해놓은 길을 피해 외딴길로 들어서 혼자 겁도 없이 가고 있다. 주변 사람들의 애를 태우며 살고 있음에 이유가 있을까. 나에게 확률이 좀 더 많을 뿐이다. 주변 모두에게 보내는 그들의 눈길 손길은 부모 자식 사이의 기본적인 효도나 도리를 훨씬 뛰어넘는다. 가정교육과 타고난 품성, 멀고 가까운 혈육의 소중함까지 적절한 비율로 삶을 엮어가는 조카들이다. 어느 조카는 내가 띄엄띄엄 놓여있는 돌다리를 위태롭게 건너는 듯 불안해 보인다고 했다. 그런 조카들이 나 혼자서도 마음을 실어서 구름, 바람을 보며 가슴으로 건널 수 있게 그 다리를 안전하게 점검해 준다. 그래도 믿을 수 없는지 항상 주위를 맴돌며 온갖 사랑으로 나를 지켜 준다.

물질적인 부분을 말하려는 것이 아니다. 나에게 가장 찾아오기 쉬운 외로움이나 쓸쓸함을 그들은 놓치지 않는다. 이것을 자랑하고 싶은 것이다. 미처 혼자라는 생각을 할 틈도 없이 마음을 써준다. 심심하다 싶으면 바람 쐬러 가자고 데리러 온다. 필요한 물건이 있는지 어떻게 알고 이름표도 없이 가져올 때는 고마움보다 미안함에 제대로 인사도 못 한다.

컴퓨터가 서툴러 진땀을 빼고 있거나 전화를 잘못 만져 눈을 비비고 있으면 이상하게도 전화가 온다. 컴퓨터 잘 되느냐고, 전화가 말썽부리지 않느냐고 물어온다. 무슨 고리로 어떻게 연결되어 있을까. 혈육 이외의 무슨 선한 인연으로 맺어졌나 생각할 때가 많다.

그들 역시 사느라고 산도 넘고 강도 건넌다. 어떤 처지에 놓여 있건 나를 향한 관심은 자기들의 사정에 매이지 않는다. 이런 마음의 발원

지가 어디인지 알고 있지만 때로는 부담스럽기도 하다. 그들에게 내
사는 모양이 그다지도 불편해 보인단 말인가? 민망하기도 하고 화날
때가 있다. 본의는 아니지만 가진 것 다 없애고 텅 비우니 뜻밖에 자유
가 그 자리를 채웠다. 비교할 대상도 없으니 남을 의식할 필요도 없고,
쳐다볼 일도 굽어볼 일도 없이 한적한 삶인 것을 그네들은 모르나 보
다.

　일일이 노출되어 버린 나의 삶이 그들 눈에는 불안하게 보일 뿐이
다. 사실 아무 두려움 없이 혼자 곁길로 가면서 온갖 세상 구경 다 하
며 거침없이 즐기는 재미를 어찌 모를까. 내 형편이 좋고 나쁨에 전혀
상관하지 않는 그들이다. 도망을 쳐봐도 멀어지지 않는다. 내 사고방
식에 대해 마음으로 때리는 매가 아닌가 느껴져 멀리 피한 적도 있었지
만, 그게 아니었다. 모두를 더욱 고통스럽게 했을 뿐, 아무 도움이 되
지 않았다. 피로 연결된 끈은 길고 질겨서 하는 수 없이 일방적으로
당하고 있다.

　이 모든 상황 중에서 싸우고 서로의 속을 상해가며 거부했던 때도
적지 않다. 어찌해야 좋을지 몰라 답답한 심정으로 어쩔 수 없이 인정
한다. 부족한 부분을 채워 주는 덕에 세상살이에 더욱 서툴러 가지만
마음은 한없이 푸근하니 별수 없이 거기에 젖어있다.

　나는 누구에게도 필요한 존재가 아니다. 조카들에게도 더욱 그런 처
지이건만 그들은 부모와의 형제인연을 귀하게 여긴다. 주변에 관한 관

심과 사람을 중요하게 생각한 근본적인 가치와 삶의 진정한 의미도 그들이 깨우쳐 준 셈이다.

어려서는 몸이 약해 부모님이 애를 태웠고, 한참 때는 누구와 의논 없는 무모한 짓으로 사고를 저지르고, 이제는 조카들에게까지 아픈 손가락이 되어있는 나는 그들의 이모요 고모다. 성년이 된 그들 앞에서 내 처신이 옹색할 때가 어디 한두 번이었나. 주고받는 것이 다 사랑이라고 흔한 말로 스스로 위로한다. 그들의 사랑이 멀어질 때 당연하게 인정하는 연습도 하고 있는 중인데 그다지 어렵지 않다.

종일 흐리던 하늘이 맑게 갠다. 달도 없는 저녁에 차 한 잔을 앞에 두니 그 향이 조카의 시아버지가 준 개똥쑥 향이다. 사돈들의 고마움을 말하려면 많다. 조카며느리 친정에서 직접 보내준 인절미 생각이 간절하다. 이모님은 무거워서 사 먹지 못할 거라면서 함지박만 한 수박을 들쳐주고 사라지던 조카사위, 얼마나 고맙고도 따뜻하던지.

세상에서 가장 귀한 우리 조카들이 내가 가진 보배다. 그들의 앞날이 햇살 퍼진 동편 하늘 같기를 바란다. 조카들도 나이 들었고 삶이 버거울 때가 많을 것이다. 이제 나 혼자서도 징검다리 잘 건널 수 있으니 걱정하지 말라고 속으로 부탁한다.

이제부터 남아 있는 시간 위에 조카들에 대한 감사의 그림을 그리며 살려 한다. 서툰 글이지만 고마운 조카들 자랑을 하고 나니 마음 한구석이 후련하고 살짝 가볍다.

민들레김치

싸늘한 바람에 창밖의 낙엽들이 어디론가 날아간다. 내 눈이 따라가다 낙엽과 함께 방향을 잃는다.

스산한 마음으로 한나절을 엄벙덤벙 보냈다. 이유 없이 무기력해지려는데, 오늘은 한 주에 한 번씩 우리 집을 방문하는 고마운 분이 오는 날이어서 방 정리를 하며 기다렸다.

마침내 시간이 되고 그녀가 다정하게 웃으며 안부를 묻고 들어서며 채소 한 봉지를 나에게 안긴다.

들판에서는 초록을 보기가 어려운 늦가을인데 이렇게 새파란 민들레가 어디에 숨어있었을까. 봄나물처럼 푸르고 싱싱하며 부드럽다. 뿌리에는 기름진 검은 흙 범벅이다. 비가 온 뒤에 캐서 잔뿌리까지 달려있었다.

그녀네는 더 나이가 들면 귀농하려고 고향에 허름한 집 한 채를 마련하여, 주말이면 남편과 함께 내려가 서투른 농사를 지으며 지낸다고 한다. 집이 산 밑이라 산속 풀숲에서 캔 것이니 깨끗한 것이라며 약으로 먹으란다. 귀한 것이기도 하지만 쓴 나물을 좋아해서 더 반갑고 고맙다. 깨끗이 다듬고 씻으며 잎 한 줄기를 입에 넣고 씹으니 쓰지만 건강한 맛이다. 혀끝에 닿는 맛만 쓰면 얼마나 좋을까.

살아가는 일이 배워가는 일이고 그 과정에서의 내 짐은 그다지 무겁지는 않았지만, 누구보다 부피는 컸다. 그 짐을 이고 지고 젊음에서 노년을 향해 달려온 길에 무슨 맛인들 안 맛보았으랴.

민들레는 수분이 적어 소금에 절이지 않았다. 양푼에 넣고 김치를 담는다. 고춧가루 대신 마른 고추에 건더기 멸치젓을 한 숟갈 넣고 갈았다. 풀을 쑤지 않고 밥을 반 숟가락 넣고 곱게 갈아 여러 가지 양념과 섞었다. 모양을 낸다고 쪽파도 썰고 당근 몇 쪽에 무도 채를 쳐서 민들레와 버무렸다. 한 입 먹어본다. 젓갈만으로도 간이 딱 맞았다. 숨이 죽으면서 양념과 잘 어우러지도록 한동안 그대로 두었다.

한창 일을 할 때였다. 나는 경험도 없었고 똑똑한 구석이라곤 없는데 일은 감당하기 힘들 만큼 커지고 많아졌다. 남녀노소 다양한 직업과 성격이 다른 사람들에게 취미 생활로 생활용품 만드는 일종의 기술을 가르치는 일이었다. 모두가 성인이기에 긴장된 순간이 많았다.

담아둔 김치를 가만히 들여다보았다. 새파랗던 잎이 점점 거무스레하게 변했는데 쓴 채소의 특성이다. 세상살이를 알아 가며 내 본래의 모습을 조금씩 잃어갈 때와 닮았다. 파와 당근과 무가 김치의 얼굴을 대신하고 있는 모양에서, 나는 너무 솔직했고 말을 하지 않았으며, 속상할 때는 그 자리를 슬쩍 떠나버린 서투른 방법으로, 이십여 년의 일을 큰일 만들지 않고 잘 버무렸다. 독한 맛에는 제법 큰 보상도 주어졌으나, 그것은 시간을 따라 흩어졌다.

하루하루가 고추처럼 맵다고 하소연이라도 하면, 네가 진짜로 입에 신물이 고여 봐야 삶을 알게 된다고 기를 꺾는 사람도 있었다. 어찌 신맛인들 맛보지 않았으랴. 그럴 때마다 두 언니가 달고 따뜻한 위로로 토닥여 주었다. 참고 견디며 다시 기운을 내면 달콤한 시절이 찾아왔으나 어느 순간 어김없이 짠맛을 봐야 하는 일이 뒤에 따르곤 했다. 인생이 얼마나 짠 소금 같은지를 맛보고는 절망하던 때 문득 엄마 말씀이 생각났다.

"목구멍으로 넘길 수 없이 짜면 쓰디쓴 쑥 뿌리를 캐어 같이 씹어봐라. 그러면 짠맛이 도망간다."

내 삶의 어느 즈음, 진짜 제대로 쓴맛을 만나고는 만사가 싫어 두 손 놓았을 때 더더욱 매운맛을 보았다. 혹독함을 견딘 후 나는 그 어떤 고난도 모두 이겨낼 힘과 용기가 생겨나 있었다. 지난했던 세월과 화해 하면서 인생 요리법을 터득한 것이었다.

기억도 가물가물 아련한 일들이 민들레김치 속에 스며들어 숨이 죽으며 자작자작 국물까지 생겨났다. 이해심이 많아지고 내 성격이 둥글

둥글하게 변할 때처럼 보인다. 작은 통에 꾹꾹 눌러 담아 식탁 위에서 몇 날을 익혔다.

새콤하고 씁쌀한 냄새를 풍기며 잘 익었다. 찬밥 한 숟갈에 두어 가닥을 얹어 제대로 먹어보았다. 세상을 알고 난 후의 여유 있는 기운이 입안에 그득 퍼진다. 제철도 아니고 일부러 심고 가꾸지 않아도 자연이 주는 먹거리에 오늘도 사는 맛을 본다.

쓴맛 같은 고난이 피하거나 이겨내야 할 대상이라기보다는, 건강과 즐거운 삶을 위해 끊임없이 숨을 쉬어야 하듯, 삶에서도 벗어날 수 없는 여러 어려움 때문에 나의 존재가 뚜렷해졌다고 믿는다. 살아가는 맛을 두루 맛보았기에 건강한 정신을 선물 받았다. 맵다 짜다 하며 살아온 덕분에 오늘은 한가하게 그동안의 여러 느낌을 회상하며 민들레 김치맛을 보는 내 모습, 이제 고달픈 인생의 맛은 다 지나갔을까.

지금의 마지막 단맛이 방 깊숙이 들어온 따뜻한 햇살을 만나 오래된 기억 속에서 나른하다. 지난날들이 그리움 되어 입안에서 씹히듯 머리와 가슴에서 맑은 침으로 고인다.

다음 주에는 스산한 기분을 민들레꽃으로 피워 준 그녀와 쓰디쓴 약 김치로 점심을 같이 먹어야겠다.

동백꽃

    책상 위에 놓인 연필통에 먼지가 뿌옇다. 여러 모양과 색의 볼펜들이 꽂혀있다. 새삼 오늘 먼지 낀 연필통을 반들반들하게 닦았다.

    주소도 우표도 우체국도 없어 하늘로 보낼 수밖에 없는 편지를 펜이 아닌 가슴으로 수없이 썼다. 세월 따라 시나브로 잊고 있음이 너무도 미안하다. 그 친구와 인연의 시곗바늘이 거꾸로 돈다.

    내가 운영하는 공예학원이 분주하던 어느 날, 웃음을 함빡 머금고 들어 온 중년의 여인이 내 책상 앞으로 오더니 바로 등록하고 작업대에 앉았다. 내 말투에서 사투리를 알아차리고 내 고향 선생님이라고 반겼다. 그는 남쪽 여수에서 왔다고 했다, 지금 여수에는 동백꽃이 지천으로 피었다고 하며 묻지도 않는 남녘의 꽃소식까지 전해주는 걸쭉한 사투리가 반갑고도 정겨웠다.

    나보다 두 살이 많았다. 그는 원장인 나와 학원 젊은 선생님들에까지 깍듯하게 예의로 대할 정도로 그녀의 품성도 좋았고, 둘러앉은 수강생들에게 늘 점잖은 농담과 가져온 간식으로 분위기를 밝게 해 주곤 했다. 언니 겸 친구로 여러 해를 함께 했다.

그녀는 솜씨가 좋고 열심히 배우더니 여수에서 나와 같은 학원을 차렸다. 개원식 때 축하해주러 갔는데 기념품을 주었다. 나무토막에 속을 파서 주머니 모양으로 만든 통으로 끝은 꽃 모양으로 주름졌다. 잘록한 부분에 구멍을 몇 개 뚫어 굵게 꼰 실을 꿰서 묶고, 양 끝에는 눈깔사탕만 한 나무 방울을 달았다. 갈색으로 칠을 한 예쁜 주머니, 여기에 연필 꽂아 두고 서로 편지 쓰자고 했다.

여수에 세 번 갔다. 그때마다 지갑은 절대로 가지고 오지 말라고 당부했고 남편까지 온갖 것을 제공하며 극진한 대접으로 맞아주었다.

어느 날 그 친구에게서 전화가 왔다. 뜬금없이 나에게 점을 봐 달라고 하여 놀랐다. 무슨 일이냐고 물으니, 엄마가 엊그제 점을 보니 자기가 죽을 것이라 하더란다. 그러니 확인 차원에서 점을 한 번 보라는 것이다. 내가 그 말을 믿겠는가. 별 쓸데없는 소리라고, 그 점쟁이 찾아가 혼쭐을 놓으라 하고는 잊어버렸다.

뜨거운 여름날이었다. 텔레비전을 켜두고 그 앞에서 공예품 견본을 만들고 있었다. 뉴스에서 여수에 대형 교통사고가 났다는 소리가 들렸다. 친구가 있는 곳이라 나도 모르게 얼른 화면을 봤다. 이어 신원이 밝혀졌다고 이름이 뜨는 순간, 나는 그만 심장이 멎었다. 한참 후 정신을 차리고 전화를 걸었으나 연결이 되지 않았다.

다음 날 일찍 여수에 갔다. 친구 가족이 한차에 탔는데 다 함께 사고를 당했다고 했다. 엊그제 다녀가며 다음 주에 보자고 웃으며 갔었는데. 그때 점을 봐 줄 걸. 혹 똑같은 이야기를 들었어도 무슨 방법이 있었을까마는, 점을 봐 달라고 다시 한번 부탁하고 싶은 마음을 끝까지 안으로 삼켰는지도 모른다. 생각할수록 가슴은 더욱 미어졌다. 이럴 수도 있는가. 제대로 작별 인사도 못 했다. 그가 자주 드나들던 찻집에서 그날의 여러 가지 가슴 저린 사정을 들으며 밤을 새웠다. 그후 나는 한동안 일상이 헝클어졌다.

유난히 뚜렷한 기억 하나가 있다. 어느 해 초봄 여수에 갔다. 친구 부부는 오동도로 나를 안내했다. 쌀쌀한 날씨에 새빨간 동백꽃이 떨어져 쌓인 나무 밑에 앉았다. 친구 남편은 시들기 전에 뚝 떨어진 동백꽃의 사연을 들려주었다. 동백꽃의 수정은 벌 나비나 바람이 하는 것이 아니고 동박새가 한다고 했다. 동박새는 수정시킨 뒤 그 꽃을 애써 떨어뜨려 버린다나. 나무에 달려있는 것은 모두 수정을 기다리고 있는 꽃이라면서, 수많은 꽃이 하나도 빠짐없이 열매를 맺을 수 있도록 하는 것이라 했다.

믿거나 말거나, 라며 그래도 이런 것을 계획한 신의 섭리에 세상 살기가 조심스럽지 않느냐고 이야기를 끝냈다. 친구는 인심이 후했다. 언제나 손에는 먹을 것이 들려있어 그와 함께일 때는 아무 준비가 없어도 걱정이 없었다. 언제 만나도 웃는 얼굴에 한 주일을 참지 못하고 중간에 꼭 전화로 안부를 물었다. 나에게는 든든한 배경 같은 존재였다.

친구가 떠난 지 30년도 넘었다. 시들지 않고 떨어진 동백꽃의 사연을 회상하니 오늘은 연필통이 주머니 모양이 아니라 동백꽃을 닮았다. 이 연필통이라도 하나 있어 친구를 추억할 수 있으니 다행이다.

그녀가 살아 있다면 속상한 일이 있을 때마다 여수로 몇 번이고 달려갔을 텐데. 그 뒤 여수에는 갈 수 없는 아픔이 되고 말았다. 남쪽 끝에서 서울까지 주말마다 바빴던 친구, 시들지 않고 곱게 떨어지려는 어떤 암시라도 있었나.

무슨 생각으로 처음 오던 날 동백꽃 소식을 전해주었던가. 시들기도 전에 꽃을 억지로 떨어뜨린 그 동박새는 누구인가. 친구에 대한 그리움이 청정해역 여수 앞바다의 파도가 되어 동백꽃 한 송이를 싣고 밀려와 연필통에 부서진다.

들국화 피어있던 길

소식이 끊긴 친구 생각을 한다. 많은 일을 함께 겪었던 지난날들이 스치며 겁이 없던 중학교 때가 떠오른다.

환경이나 성격 때문이었을까, 나는 체구에 어울리지 않게 통이 컸다. 높은 산 고개를 넘어 초등학교에 다녔고 읍내에 있는 남녀공학 중학교로 진학했다. 열네 살 작은 여학생이 신작로와 험한 산길을 왕복 칠십 리 이상 걸어서 통학했다. 먼지 나는 그 길에서 소설을 읽고 시도 읊으며 영어단어를 외웠다. 공부를 열심히 했다기보다는 아마도 겉멋이 들었을 것이다.

어스름 내린 해거름에 신작로를 벗어나 산길로 접어들면 그때부턴 노래 부르기다. 내 발자국 소리와 산짐승 우는 소리, 귀신 울음소리 같은 바람 소리가 무서워 큰 소리로 노래를 불러 무서움을 떨어냈다.

친구와 나는 신작로 끝에서 헤어져 서로 다른 동네로 가야 했다. 나

보다 체구가 훨씬 큰 친구는 무서움이 심했다. 일찍 해가 지는 겨울밤 하학길에는 하루는 우리 집으로, 다음 날은 친구 집으로 번갈아 가며 잠을 자며 다니는 날이 많았다. 남학생들조차 그런 우리 둘을 놀리며 걷다가도 앞이 무서운 곳에서는 나를 맨 앞에 세운다. 뒤가 무서운 곳은 나를 맨 뒤에 세우고 걸었다. 남학생들은 그곳을 벗어나기가 바쁘게 자기네끼리 뛰어가 버렸다.

어쩌다 일찍 끝나는 날이면 길가에 앉아 책 읽기, 지나가는 엿장수 아저씨한테서 맛보기 얻어먹기, 돌무덤 위에 핀 고운 진달래를 꺾으려고 올라갔다가 돌이 와르르 쏟아져 심장이 멎은 듯 놀랬던 일, 남의 밭에서 고구마, 무 캐 먹다가 주인에게 들켜 엉뚱한 곳으로 도망쳐서 밤늦게야 귀가했다. 이래저래 봄여름을 빼고는 거의 학교에서부터 어두워진 길을 별을 세며 걸어 다녔다.

어느 쌀쌀한 초겨울 날이었다. 수업이 끝났을 때는 이미 어두워졌다. 그날은 친구네 집으로 갔다. 친구네 동네는 별학산이라는 큰 산 중턱을 빙 돌아서 가야 했다. 중간쯤에 동굴이 하나 있는데, 낮에도 으스스해서 어른들도 무서워하는 곳이다. 초저녁도 한참 지났다. 산모퉁이를 막 도는데 멀리 동굴에서 불빛이 새어 나왔다. 친구는 미리 겁을 먹고 쓰러지듯 나에게 바싹 붙었다. 아래는 낭떠러지고 위로는 높은 산이다. 다른 곳으로 갈 길은 없다. 우리는 일단 걸음을 멈추고 생각했다.

"저것이 무슨 불빛이겠냐?"

우리 고향에 한센병 환자를 수용하는 소록도가 가까웠다. 그 당시 환자들이 어린애를 잡아먹으면 병이 낫는다는 소문이 돌아 모두가 조심하던 때였다. 분명 그 사람들이 불을 피우고 있을 것이 틀림없다. 어쩌면 오늘 밤 우리는 죽을 각오도 해야 한다. 죽더라도 그 앞을 지나 갈 수밖에 없는데 친구는 가지 말자고 나를 붙잡고 늘어졌다.

그런 사람들을 만나면 절대로 뛰지 말라고 어른들에게 수시로 교육 받았던 우리다. 기절 직전인 친구를 끌다시피 하여 굴 앞에까지 갔다. 과연 그 사람들이 나뭇가지를 피워놓고 불을 쬐고 있다. 얼굴도 손도 칭칭 동여맨 것이 틀림없이 환자들이었다. 굴 안을 들여다보며 말을 걸었다.

"누군가 했더니 아제들이었소?"

우리는 살아보겠다고 먼저 말을 붙이며 아양을 떨었다. 그런데 이 일을 어쩌면 좋은가. 추우니 어서 들어와서 불을 쬐고 가라고 한다. 그냥 담박질로 가버리면 기분 나빠 쫓아 올 것이다. 방망이질하는 가 슴을 가라앉히며 작은 여학생은 친구를 잡아끌어 허리를 굽히고 굴 안 으로 들어갔다. 밤에 굴속에서 그것도 한센병 환자들과 나란히 앉아 불까지 쬐다니.

그 사람들은 엉거주춤 앉은 우리에게 불 가까이 앉으라 한다. 앞으 로 내민 손이 너무 떨려 양손을 마주 잡았다. 등에는 땀이 흥건한데 둘을 불 앞에 앉혀놓고 이런저런 이야기가 끝이 없다.

한참 후 집에 가서 숙제도 해야 하고 내일 새벽에 또다시 학교에 가야만 하니 그만 가야겠다고 했다. 의외로 어서 가서 숙제하라고 보내주는 게 아닌가. 조심해서 가라고까지 했다.

세상에! 이보다 더 조심할 일이 어디 있으리라고. 우리는 머리가 땅에 닿도록 절을 하고는 살살 기어서 굴 밖으로 나왔다. 바로 뛰면 안 된다. 얼마를 걸었을까. 뒷덜미를 움켜 붙잡힌 느낌으로 머리카락이 하늘로 솟았다. 앞보다 뒤가 더 무서운 법이다. 우리는 뛰기 시작해 운동화를 신은 채 친구 집 방에까지 뛰어 들어갔다.

다음 날 새벽 다섯 시 반. 우리는 멀쩡한 정신에 그 길로 학교에 갔다. 우리에게 들켜서일까. 아니면, 아침을 얻어먹으러 갔을까. 굴속에는 아무도 없었다.

세월을 많이 보내고 소록도에 갔을 때다. 황금편백 나무로 아름답게 꾸며진 국립공원은 환자들이 목숨을 잃어가며 가꾼 공원이란다. 넓적한 바위에는 한센병 환자였던 한하운 시인의 시 ≪전라도 길≫이 눈물 방울처럼 한 자 한자 새겨져 있었다. 어디선가 보리피리 소리도 환청처럼 들려왔다.

나에게 불을 쬐어 주었던 그 사람들은 그곳으로 들어가 살았는지. 병은 낫지 못한다 하더라도 강한 삶의 의지로 설움과 한으로 맺혔을 멍울진 마음만은 치유되었으리라 믿는다.

무모하게 통만 큰 성격으로 이룬 것은 없으나, 시골과 먼 통학길에 있었던 수많은 일은 어린 나를 조금 별나게 키웠다. 어떤 힘든 일이라도 헤쳐나갈 수 있게 더욱 담대해졌고 지금도 여전히 두려움 없고 자유롭다. 그 산길 여기저기에 무리 지어 피어있던 연보라 들국화가 그 길을 다시 한번 걸어보라 마음속에서 손짓한다.

수십 년이 지났지만 잊을 수 없다. 이런 일을 함께 겪었던 친구는 지금 어디에서 살고 있는지, 꼭 소식이 닿기를 기다린다.

복수박 세 개

7월 하순이다. 긴 장마 중에 연일 폭염주의보가 뜬다.

장마가 오늘 하루는 쉬어가는지 비를 머금은 먹구름 사이로 햇볕이 뜨겁다. 일은 손에 잡히지 않고 눅눅한 느낌에 텔레비전을 켜본다. 빨 간색으로 표시된 우리나라 지도와 열대야 소식과 외출을 자제하고 물 을 많이 마시라는 문자가 더위를 더욱 부추긴다.

아침나절부터 수박 생각이 간절했다. 올여름 들어 아직 수박을 먹어 보지 못했다. 동네 가게는 멀고 배달을 시키기도 여러 조건이 붙어 쉽 지 않다. 한두 조각 먹고 나면 그만일 뿐이고, 집에 다른 식구가 없으 니 먹고 싶은 생각도 오래가지 않는다. 그런데 오늘은 별나게 생각이 길어진다.

누가 수박 한 통 사다 주지 않나? 해마다 먹었지만 내가 직접 사 온 적은 없고 늘 누군가 사다 주었다. 게으르고 쓸데없는 생각으로 한

나절을 보내다 수박 대신 점심이나 먹자고 준비하는데, 벨이 울렸다. "누구세요?" 하니 무슨 소리는 들리는데 알아들을 수가 없다. 다시 한번 "누구세요?" 하니 큰소리로 본인의 이름을 또박또박 말한다. 뜻밖의 이름에 깜짝 놀랐다. 헐렁하게 입고 있던 옷을 급히 여미고 삼중으로 걸어 놓은 문을 열고 보니 참으로 반가운 사람이 활짝 웃으며 서 있었다. 놀라운 것도 잠시, 급한 일이 있어 가 봐야 한다고 커다란 종이가방 하나를 현관에 들여놓고는 전화하겠다며 돌아서서 간다. 인사도 제대로 못 했다.

뭔지는 몰라도 엉겁결에 종이가방을 들고 와 열어보니, 이게 어떻게 된 일인가! 애호박처럼 둥글고 예쁜 복수박 세 개가 들어 있다. 뜻밖에 찾아온 사람에 놀랐더니 이번에는 더 놀랐다. 도대체 저 사람은 내가 수박 먹고 싶은 줄을 어떻게 알았을까.

누가, 아니 무엇이 나에게 수박을 가져다주라 했으며, 왜 저 사람을 시켰는가, 한참을 생각했다. 그 순간은 먹고 싶은 생각도 잊었다. 바쁘다고 했으니 우선 문자라도 보내야겠다. 놀랍고 감사하다고 몇 자 써 보내고 나서야 수박을 하나하나 쓰다듬어 보았다. 코끝이 찡하며 밀려오는 고마움을 무어라 감당할 수가 없다.

한참 후에 작은 것 하나를 씻어 쪼갰다. 칼을 대자마자 저절로 갈라진다. 껍질은 손에 들고 깎을 수 있을 정도로 얇고, 붉게 잘 익은 속살에 단물이 흥건하다. 작게 쪼갤 것도 없이 숟가락으로 떠서 먹는다.

연하고 상큼하고 달다. 이 맛이 바로 복 맛인가, 그만 점심 먹기를 잊었다. 나머지 두 개 반을 냉장고에 넣고 차분히 앉았다.

사는 동안 수많은 고마움이 있어 나의 오늘이 있다. 그중에도 오늘의 감사는 아주 특별하다. 우선은 먹고 싶었던 수박에 감사하고, 다음은 세 개여서 더 감사하다.

그런데 진짜 고마운 것은 수박을 가지고 온 그 사람이다. 그는 바쁜 시간을 내어 나에게 수박을 사 올 만큼 가까운 사람이 아니다. 일주일에 한 번 방문하여 내 생활도 살피고 말동무도 해 주는 국가기관의 직원으로 작년 일 년 동안 나를 담당했던 사람이다. 올해 새로 오게 된 사람과 나의 원활한 관계를 위해서 전임자와는 연락을 끊도록 양측 모두 교육을 받는다고 한다.

그 사람들은 어디까지나 사무적인 근무일 뿐, 기간이 끝나면 잊어버려도 상관없다. 그래도 일 년 동안 드나들며 서로의 사정이나 성격도 알게 되고 취향도 알게 되었으리라. 헤어진 지도 7개월이 넘었다. 나를 잊지 않았다니, 내가 그이에게 어떤 사람이었나. 어떻게 이 더운 날 바쁜 중에 수박을 사 올 수 있었을까.

누구에게 고마운 사람이 되기는 쉽지 않다. 지난 일 년 매주 그이와 나눈 이야기를 떠올려 본다. 언제나 편하게 대해 주었고 노인이 국가에서 받아야 할 여러 가지 혜택도 빠짐없이 챙겨 알려주었다.

소탈하게 본인의 사는 이야기도 서슴없이 나누고 내가 먹던 반찬 몇 가지에도 꺼리지 않고 점심도 함께 먹은 적도 있다.

내년에도 우리 집으로 배정받기를 원했지만 어려운 일이라고 했다. 12월 말 마지막 방문 때 언제 만날 수 있겠느냐고 두 손을 잡고 애틋하게 헤어졌다.

밤에 전화를 걸어 통화를 했다.

그가 운전 중에 라디오에서 수박 얘기가 들렸다. 순간 내가 생각나서 차를 돌려 마트로 갔다. 내가 수박을 먹고 싶어 하고 있던 바로 그 시각이다. 1년 동안 나를 살펴준 의무가 사랑이 되고 인연이 되었는가. 사랑이 끝난 곳에서 다시 새롭게 사랑을 만들어 준 그 사람이 쓸쓸한 내 삶에 희망을 준다.

남은 수박으로 혹시라도 손님이 찾아오면 대접하며 오늘의 이야기를 할 것이다.

"내게 이런 사람 있습니다."

인연이 다하여

아까운 일 년이 빠르게 지나갔다. 순식간에 12월이다. 거리엔 사람들의 발걸음이 빨라 보이니 덩달아 급하다. 몸은 바쁘지 않지만, 마음이라도 바빠야 할 때다. 우선 해가 다 가기 전에 인사해야 할 사람들을 챙겨야 한다. 수첩에 적혀 있는 사람 중, 카드를 보내야 할 사람, 전화로 또는 문자로 해야 할 사람을 골라 본다.

전화해야 할 사람을 맨 뒤로 미뤘다. 할 말도 들을 말도 많고 시간도 서로 맞아야 하기 때문이다. 허물없이 지낸 지인이나 오래된 친구 이름은 나중으로 제쳐 두었다. 카드를 쓰는 것이나 문자를 보내는 일도 쉽지는 않다. 짧은 한마디라 할지라도 이분에게는 무슨 말로 그동안의 감사를 표할까. 소홀했던 마음을 어떻게 따뜻하게 풀어 볼까 등등. 조금의 정성이라도 쏟아서 보내려면 몇 안 되는 사람인데도 시간이 필요하다. 이러다 보니 미국에 있는 친구 영혜가 제일 뒤로 밀렸다. 그사이

영혜로부터 두 번의 문자를 받았다. 차분히 전화하려고 답을 아껴두고 있으면서도 불편한 기분이 들었다. 토요일 아침에 전화하겠다고 간단한 문자를 보내두고 안심하고 있었다. 뭔가 석연찮은 느낌일 때, 바로 해결하지 않으면 반드시 때를 놓쳐 불편한 관계가 된다는 것도 학습되어 있건만 또 깜빡했다.

컴퓨터나 전화기 사용에 서툴러 조심해야 한다. 잘 살피는데도 보내고 나면 틀린 글자가 보이고, 쓰는 중에 그만 보내기를 눌러 실례를 한 적도 있다. 조심해 가며 대충 연말인사를 끝내고 토요일이 되었다. 아침을 먹고 한가하게 친구에게 전화하니 받지 않는다. 분명 그곳은 늦은 밤이고 이미 예고도 했건만, 또 집에 있을 시간이다. 두 번 세 번…. 찜찜한 기분을 느끼고 있을 때 문자가 떴다. 아니나 다를까.

자기를 내 맘에서 지우라고. 이제 그럴 때가 된 것 같으니, 그간의 인연을 추억으로 두고 글 많이 쓰고 건강하게 살라고…. 읽고 또 읽었다. 아무리 읽어봐도 이별 통보였다. 그 역시 쉽게 보낸 글은 아니리라. 영문도 모른 채 절교를 당하고 보니 한참 동안 멍했다.

나는 어떤 일에도 놀라거나 당황하지 않고 오히려 차분해진다. 가능한 후회도 하지 않는다. 인연이 다 했구나! 일을 해결할 수 있는 번뜩이는 지혜가 없다면 빨리 거기에서 벗어나는 성격이다. 살면서 느닷없이 찾아온 일이 어디 이별뿐이겠는가. 이유가 궁금하고 어렴풋이 짐작도 가지만 묻지 않는 것이 좋겠다 결정했다.

때론 말싸움도 하고 잠시 서로 섭섭할 때도 있었지만 저절로 사그라지는 편한 사이였다. 나는 그곳에서 나그네였으니 그에게 어떤 도움도 되지 못했다. 수십 년을 거기서 살아 그 나라 시민이 되어있는 친구에게 여러 가지 도움을 받았다. 성격은 달랐으나 나이는 비슷해 늘 마음은 통했다.

서울로 돌아온 지 9년째, 변함없이 좋은 사이로 연락하며 한국에도 한 번 다녀갔다. 며칠 후, 일 년에 딱 한 번 연말에 문자로 인사를 드린 그곳 목사님한테서 전화가 왔다. 잊지 않아서 고맙다는 말씀 끝에 자랑삼아 나한테서 문자 왔다는 말을 그 친구에게 하셨단다. 역시, 그렇구나. 다른 사람에게는 할 것 다 하고 자기는 문자를 몇 번 보내도 답이 없었으니 크게 화가 난 거였나? 그게 그렇게도 화가 날 일일까. 사실 소홀히 한 것이 아니고 시간이나 말을 아껴두었는데. 토요일에 전화하겠다고 예고도 했으련만.

두 마음을 하나로 섞는 방법은 처음부터 없는 것인지도 모른다. 이해한다는 것은 어디까지일까. 긴 삶에서 수많은 경험이 오늘의 일에 아무런 도움이 되지 못한다. 내가 세상을 어떻게 살아왔단 말인가. 친구는 또 한 사람의 나 자신이다. 나의 자존심이기도 하다. 내가 아는 사람은 나보다 나은 사람이라야 한다는 생각으로 누구에게나 거침없이 자랑하던 친구였다.

이 상황을 되돌려 보려는 서투른 노력은 오히려 언쟁이나 시비로 번질 수 있다. '미안하다. 많이 고마웠고 잘 지내라.'라고, 속으로 인사를 하며 이대로 조용히 그리움으로 남기려 한다. 어쩌겠는가. 귀한 사람을 제대로 대접하지 못한 탓이지만, 이럴 때는 허물어지려는 자신에게도 위로가 필요하다.

나는 수선스러운 생활을 싫어한다. 한 사람과의 관계에서 풀려난 기분은 일상을 더욱 간소하게 해 줄 거라 믿으며 담담하게 상황을 받아들인다. 세상에 내 마음을 알아주는 사람은 없다는 걸 일생 동안 복습했으면서 아직도 모르고 있으니. 이번에 잃은 것 뒤에는 가까운 사람을 소중히 하라는 교훈을 얻은 셈이다. 외로울 때 친구가 되어 어려움을 이길 용기를 주더니, 만난 지 18년 만에 변하지 않는 것 없다는 세상사를 또 하나 가르쳐준다.

고마운 사람과의 관계 끝에는 수많은 추억이 작별의 자리를 대신 한다. 인연도 삶의 과정이라 영원하지 않다. 다 못한 얘기들은 기억 속에서 이어 가면 된다. 약해진 마음에 창을 활짝 열어 심호흡하고 푸른 하늘에 눈을 한 번 씻어, 느닷없이 찾아온 이별의 아쉬움은 무심히 흘러가는 시간에 맡긴다.

백팔 배로 쌓은 탑

사람은 지식만으로는 살 수 없고 지혜가 있어야 한다. 막연한 느낌이다. 지혜는 나이가 들어갈수록 쌓여 간다지만 얼마나 간절하고 절실하게 살았느냐에 따라 그 폭은 크고 넓어지리라.

"어떤 사람을 존경스럽게 봐?"라고 친구가 나에게 물었다.

오래 망설이지 않고 어느 한 사람을 말했다. 친구는 크게 실망하며 정말이냐고 되물어서 그렇다고 했다. 잡히지도 보이지도 않는 것을 오직 내 관점에서 판단하여 지혜로 한 생애를 산 한 사람의 삶을 더듬어 본다.

그는 오 남매 중 네 번째다. 세상도 집안도 가장 어려운 시기에, 제일 순하고 부지런했으니 어릴 적부터 자연스럽게 집안의 일을 도맡아서 했다. 식구들 모두는 당연한 듯, 그렇게 살았다. 아무도 알아주지 않았고 형편은 갈수록 어려워졌다.

스물한 살 때인가. 그는 가지고 갈 것 하나 없는 초라하고 서러운 결혼을 했다. 기대와는 달리 친정에서와 비슷한 환경에 고생은 끝이 보이지 않았다. 내리 딸 셋을 낳고 아들을 낳았다. 이제는 그만 낳으라는 주위의 걱정에도 내 편이 되어 줄 사람은 자식밖에 없겠다 싶어 하나를 더 낳으니 또 아들로 오 남매가 되었다.

인생은 예측할 수가 없다던가. 뜻밖에도 작은 논 밭뙈기를 팔아 아직 어린 다섯 아이를 거느리고 서울로 이사를 하게 되었다. 농사일이 가장 천하고 힘든 일인 줄만 알았는데 그것도 아니었다. 삭막한 거리, 경쟁이 몸에 밴 사람들. 고구마 한 개, 파 뿌리 하나도 사서 먹어야 하는 도시 생활은 모질고 살을 깎는 그야말로 농촌보다 몇 배의 고생이 기다리고 있었다.

일곱 식구의 의식주에 자식들만은 제대로 가르쳐야 했다. 부부는 낯선 도시에서 물불을 가리지 않고 일했다. 자식들 학교 준비물을 챙겨 준다든가, 학교를 찾아가거나 학원을 보내는 일은 할 수도 없고 차라리 몰라야 했다. 아이들에게 물어본 적도, 무엇을 해달라는 아이들의 투정도 없었다. 부부의 머릿속엔 오직 자식들 먹일 것, 등록금 걱정뿐이었다. 신기한 일은 입학만 시켜 두면 용케도 알아서 졸업했다.

어디에서 그런 힘과 현명함이 나왔을까. 아들이나 딸의 대학 시험이 닥쳤다. 아무것도 해 줄 능력이 없으니 할 수 있는 것은 오직 하나. 새벽 4시에 일어나 몸을 단정히 하고 시험을 앞둔 애의 방문 앞에서 누가 깰까 조용히 백팔 배를 했다.

다섯 아이의 도시락과 아침을 준비해 두고 그 길로 출근하여 밤에 퇴근하는 일상이 20여 년. 다음 아이도, 그다음도. 이렇게 모두 졸업하고 직장을 구해야 하는 더 다급한 시기가 왔다. 취업 시험을 앞둔 애들 방문 앞에서도 하루도 빠짐없이 똑같이 했다. 남편의 고달파 하는 모습을 볼 때도 그 방문 앞에 섰다고 한다.

더욱 슬기로움이 빛났던 일은 아들딸의 결혼 후였다. 딸이 제일 먼저 결혼하고 첫 생일이 돌아왔다. 좋아했던 음식을 정성 다해 만들어서 딸네 집으로 갔다. 손수 생일상을 차려놓고 사위에게 "내가 차린 생일상은 이번이 마지막이네. 내년부터는 자네에게 인계하니 생일날은 물론, 살면서 저 애 눈에서 눈물 나게 하지 말게." 하며 정중하게 딸의 생일을 넘겨 주었다고 한다. 모두 다 그렇게 했다. 행여 내 자식을 가볍게 여기면 어쩌나 하는 노파심이었지만 누구도 생각할 수 없는 현명함에 절로 감동했다.

사위들은 어떻게 생각하는지 알 수 없지만, 지금도 배우자에 소홀히 하지 않고 처가이고 시댁으로 시시때때로 모여든 가족이 적잖이 스물두 명이다. 뒤늦게 복이 있다는 말을 듣는다. 지금까지 살아온 건 참고 기다림 때문이 아니다. 고달픈 삶이 가르쳐 준 교훈과 몸과 마음을 바친 기도 덕분이다. 타고난 배경이나 환경보다는 자신의 힘으로 헤쳐나가는 모습을 낭떠러지에 선 소나무처럼 귀하게 바라본다.

큰아이가 벌써 육십 대로 접어들었다. 백팔 배로 쌓은 다섯 개의 탑은 모두 갈수록 견고해지고 가지런히 주변의 풍경까지 풍성하게 꾸미고 있다. 형제 우애는 물론 부모에게 향한 마음도 부족함이 없다. 엄마의 지성 덕에 하나 같이 제때 학교 가고 늦지 않게 직업을 찾았다. 적령기에 결혼하고 기다리지 않고 집집마다 손주들이 주렁주렁하다.

팔십이 넘어 아픈 데가 많지만 그의 오 남매 형제 중 가장 다복해서 모두에게나 칭찬받는 모범이 되었다. 세상 모든 것이 불안정하지만 공든 탑만은 무너지지 않는다는 굳은 믿음이 있는 나의 작은언니. 아직까지도 일찍 일어나 씻고 옷 갈아입은 후, 정화수 떠 놓고 이젠 백팔 배 아닌, 칠 배를 하며 열한 명의 손주들 이름을 하나하나 부르기를 하루도 거르지 않는다고 한다.

지식도 반드시 갖춰야 하지만 언니의 지혜와 정성이야말로 세월을 이겼다 할 만큼 크고 훌륭하게 생각한다. 거저 되는 것이 없으니 대가 없는 것 또한 없다. 손주들의 결혼까지 보고 있으니 부디 오래 건강하기를 축복한다.

큰언니

여러 해 만에 큰언니가 김포 우리 집에 왔다. 광주발 비행기 도착이라는 전광판을 보고 출구에 눈을 대고 언니를 찾았다. 웬일인지 보이지 않아 궁금해하던 중 어디에 있느냐고 전화를 받고서야 만났다. 같은 시간에 도착한 사람들과 섞여 복잡했고, 내가 상상한 언니의 모습이 아니어서 놓친 것이다. 완전 백발에 검정색 코트를 입었다. 뜻밖의 모습이었으나 건강 상태는 좋아 보였다.

이틀 후에 있을 손자 결혼식 참석차 방문한 것이었다. 그 나이에 겪을 수도 있는 아픈 사연 속에, 하나뿐인 손자 결혼을 보려고 힘든 걸음을 했다. 전에는 머리를 희끗희끗하게 염색하더니 완전 백발에 너무나 풍성한 머리가 놀라웠다. 허리는 그런대로 꼿꼿하고 만일을 몰라서 가지고 왔다는 지팡이는 비 갠 날 우산처럼 짐이 되었다. 여러 형제 중 유일하게 성인병이 없고 카랑카랑한 목소리에 걸음도 나보다 앞선다.

큰언니의 30대와 40대는 혹 죽겠다 할 만큼 몸이 약했다. 마음고생 또한 먹물을 동이에 풀어도 다 쓸 수 없다. 무엇이 건강에 도움이 되고 명을 이었을까. 열여섯 살 아래 막내인 나는 머리 앞뒤가 훤하고 앉고 설 때마다 절로 나오는 앓는 소리에 언니의 걱정이 많다. 새로 이사한 내 집이 궁금해도 와 볼 수가 없더니, 좁은 집을 이리저리 살펴보면서 좋다, 편하겠다, 잘했다, 아프지 말거라, 안심하는 모습이다.

결혼식 날, 큰언니는 유난히 반짝이는 흰머리에 연옥색 한복을 곱게 차려입고 손수건까지 챙겼다. 친척들은 할머니가 식장에서 가장 돋보인다고 칭찬하니 민망해서 어쩔 줄 모른다. 주례가 없고 신랑 엄마인 작은 며느리가 축사를 대신할 때 두어 번 눈가를 훔친다. 신부의 제자 여고생 20여 명이 나와 노래와 율동으로 공연 같은 축가를 부를 때, 손뼉으로 마음껏 축하하고 있다.

식장의 하객들이 큰언니에게로 와서 인사하고 부축하니 울고 웃으며 언니와 함께 긴긴 하루를 보냈다. 우리 집에서 며칠, 작은언니 집에서 며칠을 보내고 두 오빠가 찾아와서 만났다. 오 남매가 모두 할머니 할아버지다.

큰언니를 보면서 늙음을 생각해 본다. 사람들은 오래된 물건을 좋아한다. 골동품이니, 손때가 묻은 것이니, 세월이 담긴 애장품이라 하며 아낀다. 그런데 왜 늙은 사람은 아름답게 생각하지 않을까. 언니의 은색 머리와 사방으로 빗살처럼 그어진 얼굴과 손의 주름살은 더도 덜도 아니고 정확하게 구십삼 년의 인생을 말하고 있다. 덧없는 세상 고생을 다 지낸 후의 여자로서 어머니로서 최고의 모습이라 할 만하다.

아직 혼자 생활할 수 있으며 자식들과 동생들은 물론 조카들에게까지 작은 것이라도 베풀려는 마음이 눈물겹게 진하다. 옛사람이긴 하지만 같은 시대에 살고 있어 요즘 세상 흐름을 알고 있다. 크게 효도를 바라지 않고 지혜가 쌓이고 분수를 알기에 처한 현실에 불만 없이 잘 지낸다. 아래로 네 명의 동생과 일흔이 넘은 아들 내외까지 삭정이 같은 자신의 뒤에 바짝 붙어 줄을 서 있다. 그 불안이 눈에 보인다.

'더 늦지 말고 순서대로 잠자는 듯 데려가시오.'

언니는 틈만 나면 주문처럼 중얼거린다. 사람의 한평생 중 황혼 녘만큼은 가장 편한 시절이 되어야 한다는 생각이다. 고요한 평온과 정신적 만족이 함께 하려면 환경이나 자연에 저항하지 않고 자연스럽게 세월을 따라가면 불안하지 않을 것도 같다. 노인 건강은 믿을 수가 없다고 한다. 언제 또다시 만날지 못 만날지 알 수 없다.

작은언니 집으로 가기 전날 밤중에 무슨 소리를 들었다. 일어나 언니가 자는 방으로 가보니 언니가 끙끙 앓으며 자고 있었다. 이불 밖으로 나온 팔목과 무릎에는 파스가 몇 장씩 붙어있었다. 얼마나 안쓰럽던지. 남들이 정정하다고 할 때마다 민망해하던 표정을 이해할 수 있다.

광주로 내려가는 날은 큰오빠 부부가 배웅했다. 언니가 아프면 누가 당장 뛰어 내려갈 수 없어도 아쉽지 않을 만큼 이번 언니의 여행은 의미가 크다. 손자 결혼 덕분에 우리 다섯 형제가 모두 얼굴을 보았으니 그 손자가 할머니께 크게 효도를 한 셈이다.

언니가 광주에 도착한 다음 날, 집 비운 사이에 활짝 핀 꽃을 찍어 보내왔다. 가까운 친인척들의 주소와 전화는 달달 외운다. 전화로 송금은 물론이고 인터넷 주문도 해 본 적이 있다고 한다. 오랜 세월 내 엄마 노릇까지 하며 오직 정신력으로 버틴 일생의 마지막 짧은 구간의 모습이다. 남의 눈에 보인 건강이 언니의 속사정과 같을 수 없으니 마음 한구석이 아리다.

형제 조카들 다 만나 즐거웠다. 하늘이 부르는 날까지 지금의 모습 그대로 편히 지내기를 바라는데, 서울에는 다시 올 수 없을 것 같은 언니의 등에 얹혀 있는 저 큰 짐이 굴러떨어질 듯 아슬아슬하다,

모두 함께

2018년 2월 평창동계올림픽을 보는 동안 감격스러운 장면에 몇 번이나 눈물을 글썽거렸다. 선수들, 행사를 기획하고 참여한 사람들, 성공을 바라며 행사 내내 열광했던 국민. 특히 자원봉사자들의 헌신이 아름답게 빛났다. 얼마나 추웠던가. 눈보라가 불어닥칠지, 혹은 포근할는지, 예측이 어려운 기상 상태에 온 신경이 쏠렸다.

불확실함 속에서 새로운 걸 창조해 내야 했다. 어떤 난관에도 우리의 미래를 향한 꿈은 장애가 될 수 없었다. 세계의 눈이 대한민국의 작은 도시 평창으로 향하고 있었기에 특정 사람들만이 아닌 우리 모두의 이야기가 되고, 보통의 이야기에서 가능성이 있는 국민의 역량을 보여주어야 했다.

국민적 염려와 염원 가운데 가능과 불가능의 갈림길에서 숨죽이며 응원하던 순간순간이었다. 선수들의 눈물 나는 연습은 열악한 연습장의 환경도 뛰어넘어야 했다. 경기장을 새로 만들어서 하는 경기도 있었다.

두 번이나 동계올림픽 유치가 무산되고 3차 도전 끝에 확정되는 날의 환호하던 장면이 떠오른다. 선수들이야 정해져 있으니, 연습만 하면 된다. 얼마나 많은 사람이 필요한지는 행사가 끝나봐야 알 수 있을 거라는 준비위원회의 어려움은, 어디서부터 시작해야 할지도 막막한 채 하루가 금방 가버리더라고 했다.

정부 각 부처에서부터 자원봉사자의 모집까지, 참여하고 수고한 사람 모두가 영웅이었다. 그 수많은 과정을 하나도 모르는 채 나는 세계에서 보기 드문 훌륭한 동계올림픽 개막식을 안방에서 보았다. 남북공동 입장과 북에서 온 사람들과 악수하는 대통령의 모습은 평화올림픽에 어울리는 장면들이 눈에 자주 들어왔다.

선수 입장이 끝나고 공식 개막행사 첫 장면은 88 올림픽 때처럼 숨죽이며 보았다. 그곳 초등학생 다섯 명이 시간 여행을 떠난다는 이야기로 시작했다. 사람 얼굴을 한 인면조의 등장과 이천 개가 넘는 드론으로 오륜기를 하늘에 수놓은 화려하고 신기한 드론 쇼를 바라보며 곳곳에서 감탄이 쏟아졌다. 무엇보다 우리를 감동하게 하는 것이 하나 있다. 개막식 시작부터 행사장에 빙 둘러서서 끝날 때까지 이어진 학생들의 무한 댄스가 이색적이었다.

모두가 이어폰을 꽂고 본부에서 보내주는 각종 음악에 따라 쉴 새

없이 춤을 추는 학생들도 자원봉사자라 한다. 지구촌 사람들의 이목을 집중시킨 긴 시간의 율동은 아마 그 학생들도 평생 잊지 못하리라. 몸이 꽁꽁 얼었을까. 아니면 춤을 추느라 열이 났을까. 역시 우리의 정서는 감탄보다는 감동적인 것이 마음을 편하게 한다.

성화 주자는 높은 곳으로 가설된 계단을 따라 올라가고 올라간 계단은 어느새 사라진다. 성화대 꼭대기에 대한의 자랑스러운 피겨스케이트의 여왕 '연아'가 깜짝 등장했다. 놀랍고 멋진 동작을 선보이며 성화봉에 불을 붙이는 장면은 지금도 눈에 선명하다.

며칠 전 텔레비전에서 우연히 평창동계올림픽 준비 과정을 한 시간 동안 보게 되었다. 실내 메인 스튜디오에서도 너무 추워 밖에서 연습 중인 사람들에게 "여기는 지금 아프리카야."라고 외쳤다. 추위도 조금 더 참고 연습해 달라는 격려의 말을 한 그 사람의 입에서도 김이 뿜어져 나왔다. 평화에 대한 희망으로 이번 대회를 구상했다고 한다. 나라가 어려운데 평화가 쉬운 일이냐고 국민 사이에서도 걱정하는 사람들이 많았다. 정부와 주최 측에서도 어렵게 온 기회에 평화의 작은 씨앗 하나 심어놓고 싶을 뿐, 올림픽 한 번으로 설마 평화가 올 것이라는 생각을 했겠는가. 모두 함께였다. 매달이 몇 개고 순위가 몇 번째냐는 건 중요하지 않다고 관계자들도 꽁꽁 언 얼굴로 격려하며 응원하고 있었다.

경기 종목 중에는 생전 듣도 보도 못한 종목들이 있었다. 스켈레톤

봅슬레이, 컬링 등, 특히 컬링은 온 국민의 눈을 사로잡았다. 곱디고운 국가대표 여자 선수 모두는 경북 의성에서 마늘을 재배하는 부모님을 돕는 한마을 친구라고 했다. 관심과 응원을 한 몸에 받으며 준우승했다.

경기가 끝난 후에도 사람들은 집에서 청소기와 대걸레로 컬링 경기의 흉내 내며 오랫동안 즐겼다. 이전까지만 해도 국민적 관심도 없고 생소하기만 한 경기였다. 나도 따뜻한 방 안에 앉아 잘한다, 춥겠다를 무심히 내뱉으며 구경만 했다. 그저 맘속으로 이번 행사의 구호처럼 평화의 씨 하나 잘 심어졌기를 기원한 것으로 감동의 값을 대신했다.

평창동계올림픽은 성공적으로 잘 끝났다. 우리 모두의 승리였다. 이런 올림픽을 다시 볼 기회가 있을까. 왠지 모르게 이번 올림픽을 계기로 우리나라가 한 단계 더 도약하기를 바라는 마음 간절하다.

16일 후 화려한 폐막식, 오륜기가 다음 개최국 북경으로 넘겨지며 '2022년에 북경에서 서로 만나자(相約北京 2022)'라는 글씨가 밝게 빛났다.

섭섭한 마음이 오래 남았지만, 평창이 친숙한 지역으로 느껴지며 평창에 한 번 가보고 싶어졌다.

호기심과 욕심

　별로 가고 싶지 않았다. 인사동에 내가 좋아할 만한 찻집이 있으니 가자는 친구의 말에 마지못해 따라갔다.

　찻집에 들어서자 첫눈에 이상한 액자들이 눈에 띄어 가까이 가보았다. 어느 작곡가인지 손으로 오선지를 그려 곡을 만들다 구겨버린 종이. 붓글씨 연습을 하다 신경질적으로 붓질을 해 버린 한지. 정신없는 글씨로 쓴 가난 섞인 하소연…. 이런 버려진 종이들을 대충 펴서 액자에 넣어 벽에 걸어 놓았다. 주인의 취향이나 그곳을 드나드는 사람들의 유형을 알만하여 흥미롭게 보고 있는데 주인이 불렀다. 그제야 찻집 안을 둘러보니 달랑 두 남자가 구석에 앉아 우리를 쳐다보고 있었다.

　점잖아 보이는 사람과 거만하게 앉아있는 사람이다. 점잖은 사람은 기(氣) 치료사라 하고 거만한 사람은 한의와 한문에 탁월한 재능이 있다고 소개가 길었다. 주인의 권유로 그 사람들과 가까운 자리에 앉았다. 기 치료한다는 사람이 나를 찬찬히 뜯어보더니 대뜸 몸이 약해 보인다나. 교과서 같은 성질을 주간지 같은 성질로 바꿔야 건강할 것이라 하지 않은가. 한참 듣다가 그럼 월간지 정도로 바꾸면 어떠냐고 물으니 그 정도로는 건강할 수 없다고 했다.

거기에 맞서 거만한 사람 역시 나를 훑어보며 한마디 한다. 그 성격을 고치기란 하늘에다 별을 달기만큼 어렵겠다고. 차라리 약을 먹는 게 낫겠다고 나를 두고 둘이서 논쟁했다. 속으로는 약간 불쾌했지만 참 별난 진단이라 생각했지, 마음이 상하진 않았다. 찻집 분위기와 두 남자가 딱 한 세트였다.

집에 와서 생각해 보았다. 내 약한 몸이 성격 탓이란 그 사람들 말에 관하여. 나를 보는 눈이 그다지 틀리지 않다 싶기도 하고 한의와 한문에 능하다는 거만하게 보이던 사람의 말에 은근히 호기심이 일었다.

내일 무슨 일이 일어날지 모르는 것이 사람 사는 일 아닌가. 그날의 만남과 부질없는 호기심이 훗날 내 삶을 송두리째 바꿔 놓을 줄 꿈에나 알았으랴.

어느 날 거만한 사람이 느닷없이 내 일터로 찾아왔다. 무슨 환약을 그만저만 가지고 왔다. 진맥하지 않아도 내 몸 상태를 알 수 있으니 안심하고 먹으라고 했다. 또 몇 사람에게 한의와 한문을 가르치고 있으니 생각 있으면 합류해 보라 하더니 별말 없이 뒤돌아갔다. 그 자리에서 한문으로 써준 이름과 주소가 어찌나 명필인지 또 한 번 궁금증이 발동했다.

그 약을 열심히 먹었다. 10개월쯤 후, 수십 년 앓던 무서운 두통이 말끔히 나은 이야기는 이 한 줄로 줄인다. 호기심을 떨치지 못하고 공부를 한다는 날 찾아갔다. 어느 가정집에서 네 명의 남자가 한의를 배우고 있었다. 오행과 오장육부의 관계, 병과 한약 처방, 건강과 마음가짐, 수많은 혈 자리까지 가르쳤다. 언제나 나를 실험용으로 약의 효능을 검증했기에 쓴 한약을 원 없이 먹었다. 누가 아프다고 하면 직접 처방하여 겁도 없이 공짜 돌팔이 노릇도 했다.

천자문의 해석을 배우고 난 뒤 적벽부(赤壁賦)를 배우는 날은 더욱 진지했다. 내용도 한문 해석도 어려웠다. 세상일에 매이지 않고 일상을 벗어나 자연 속에 묻혀보려 했다는 작가 소동파, 그 자유로운 생각에 대한 설명에서 우리의 마음은 날개를 달았다. 사십 대에 접어든 우리로서는 한 번쯤 바라보고 싶은 꿈이 아니겠는가. 서로 좋은 친구가 되어 수년간 건강과 지혜를 얻어보고자 정말로 열심이었다.

하늘 아래 있는 모든 것은 변하고 사라진다. 어느 해 규모가 제법 큰 내 20년의 사업을 고민 한번 하지 않고 접었다. 얼마 후, 다섯 사람은 그중 한 분의 뜻으로 어디 한 곳에 각자 적지 않은 자금을 투자했다. 2년이 되어갈 무렵 그 자금이 먼지가 되어 어느 세찬 바람에 깨끗이 날아가 버렸다.

이제 나는 어떻게 살아야 하나. 흔들리는 정신을 붙잡아 평정을 찾으려 한 달을 집에 틀어박혀 내 안에서 그 원인을 찾아보았다. 사회생활에 어두운 그분의 실수였지만 우리 자신에게도 책임은 있다. 힘들이지 않고 더 많은 수익으로 불려보려는 욕심이 저지른 일이라 생각하니 마음은 힘들었지만 의외로 쉽게 잊었다.

내 것이 아니었다. 젊은 날을 바친 일과 배움의 열의는 이렇게 막을 내렸다. 세상에서 한갓 꿈인 것을 온 마음으로 알고 난 후, 어리석었던 무게만큼의 죗값으로 긴 외국 생활을 했다. 내 마음 모르는 날들은 덧없이 20여 년이 흐르고 다시 새해. 내 평생 쓰리고 귀한 추억이면서 인생이 바뀌는 경험 덕분에 오늘 이렇게 한가롭다.

지금은 다 잊었다. 좋았던 시간과 언젠가는 부서질 헛된 것을 놓고 계산하고 싶은 생각 티끌만큼도 없다. 공부와 잃어버린 것, 이 두 가지는 분명 별개의 것이다. 무슨 인연이었을까. 함께 적벽부를 외우며 자유를 흉내 내어 본 기억을 더듬어보면 아무리 생각해도 잘못된 만남은 아니었다. 기억 속에 가능성이 있다. 한의에서 배운 마음가짐과 건강, 적벽부에서 배운 세속을 떠나보는 여유, 이것들이 조금이라도 몸과 마음 어느 구석에 서려 있으리라 믿는다.

마음 한구석 공허함과 생활에 조금의 불편함이 생겼지만, 모두가 삶의 흔적일 뿐, 마음 어느 한 곳도 무너지지 않았다. 내가 좋아할 거라는 이상한 찻집도, 친구가 되자는 그 사람들도 정해진 인연만큼이었다. 다섯 명의 친구가 홀연히 왔다가 멀어지는 세상은 나쁜 일이 꼭 불행으로 이어지는 것도 아니요, 좋은 일이 반드시 복으로 가는 것만도 아니라는 걸 일깨워 주었다.

중국, 봉황산(鳳凰山)에 가다

황금 들판

일주일 전부터 받아 둔 날인데 비가 온다. 승용차로 여섯 시간 정도의 거리니, 그곳은 날씨가 좋을 거라며 1박 2일의 준비를 하고 네 식구가 출발했다. 중국 동북 지방 흑룡강성의 쌀의 품질이 가장 좋다는 곡창지대 우창(五常)에 있는 봉황산으로 가는 길이다. 나의 중국 방문을 기념해 주기 위한 하얼빈에서 함께 사는 이들이 배려해 준 여행이다.

하얼빈 시내를 벗어나 농촌과 공장지대를 지난다. 자동차 문에 핑크색 리본을 단 번쩍이는 외국 승용차들이 열 대 정도 우리 차 옆을 지나간다. 결혼식 날 신랑을 데리러 가는 행렬이란다. "돈 자랑하느라 애들 쓴다."라며 언니가 한마디 한다.

이번 여행의 대장(내가 사는 집의 아들)은 기분 좋게 운전하며, 노래를 흥얼거린다. 비는 조금씩 작아지고 엷은 안개 속에 보슬비가 내리는 밖에는 가도 가도 옥수수밭이 이어진다. 멀고 긴 고속도로변의 새파랗게 실실이 늘어진 풍성한 버드나무 자락도 보기 드문 풍경이다. 햇빛 쨍쨍한 날보다 오히려 기분 들뜨지 않고 밖의 풍경을 감상하는 것도 차분해서 좋다.

희미하게 지평선이 나타난다. 좌우로 끝을 알 수 없다. 땅이 넓은 곳이란 것과 지구가 둥글다는 걸 느낄 수 있는 반원으로 그려진 선, 숨죽이며 자연을 감상하는 것만으로도 가슴이 벅차오른다. 옥수수밭이 끝나는가 싶더니 명품 쌀 생산지의 누런 벌판이 나타난다. 나락이 노랗게 고운 색으로 보아 분명 풍년이다. 땅도 높고 낮은 곳 없고 벼도 쓰러진 곳 없이 샛노란 들판에서 거대한 중국이 보인다. 가난한 사람이 없도록 무상으로 받았다는 땅에서 부지런한 농부는 이렇게 좋은 쌀을 만들어 놓고 있다. 지평선의 끝자락이 없듯 나락이 익어가는 논도 어디까지 가야 마지막을 보게 될지 알 수 없다. 논 가운데는 아주 작은 집이 듬성듬성 있다. 밤이면 물꼬도 보고 농기구도 보관하며 하룻밤을 묵기도 하는 농막들이라고 한다. 세 시간이 넘어 우창시에 도착했다. 작은 도시다.

봉황산 가는 길

우창 시내를 통과하면서부터는 봉황산 가는 길이란다. 오늘 산을 올라야 하기에 시간이 촉박하다며 차는 멈추지 않고 속도를 낸다. 잘 닦인 길 양옆으로 눈에 익은 붉은 백일홍이 색색의 코스모스와 섞여 곱게 피어 시선을 사로잡는다. 두 시간을 가도록 빈틈없이 이어진다. 직선 길은 곧은 대로, 곡선 길은 굽은 대로 흐릿한 안개 속에 너울거리는 꽃길에 홀려 봉황산 가지 말고 여기서 놀다 가도 좋겠다는 내 말에 대꾸하는 사람이 없다.

꽃길이 끊어지면서 숙소에 도착한다. 차에서 내려 주위를 둘러보니 먼발치로 희미하게 보이는 높은 산이 봉황산이란다. 걱정이 앞선다. 오를 수 있다는 말에 아무래도 속은 것 같아 내 다리에 단단한 각오를 시킨다.

아침 일곱 시에 출발하여 쉴 새 없이 달려 오후 한 시에 도착하니 예상대로 여섯 시간이 걸렸다. 아직 산은 멀다. 깨끗하고 친절한 숙소에서 점심을 먹었다. 파란 야채를 섞어 볶은 목이버섯요리, 듣도 보도 못한 된장 계란찜도 먹었다.

대장이 시킨 대로 잠시 방에서 쉬고 있자니 실실 눈이 감긴다. 일어나기 싫었지만, 며칠 전부터 오늘은 말 잘 들으라는 훈령이 있었으니 게으를 수도 없다. 짐을 숙소에 둔 채 다시 차를 타고 산으로 향한다.

산은 어디쯤 있는지, 얼마를 갔을까. 드디어 산 아래 매표소다. 여권을 보이고 내일 가야 하는 곳까지 표를 산다.

미니버스에 옮겨 탔다. 열다섯 명 정도를 태우고 구불구불 산길을 쏜살같이 내달린다. 옷은 얇고 열린 창으로 들어온 세찬 바람에 제대로 숨조차 쉴 수가 없다. 좁은 산길을 어떻게 그토록 빨리 달려 올라갈 수 있는지. 차로 많이 올라왔으니 걸어서 오를 길은 짧을 것이란 기대로 굴러떨어질 듯한 위험을 견뎌낸다.

산에 오르다

차에서 내려 산을 올려다보았다. 먼 곳에서 만리장성을 바라본 것과 똑같은 그림으로 보이는 길은 계단이고 안개 속에 구불구불 만들어져 있었다. 이제부턴 그 계단으로 정상에 올라야 한다. 1,696m. 차로 오른 길이 3분의 1 정도란다. 아주 높은 산은 아니지만 나에게는 한계를 시험할 만하다.

집에서 대장한테 물었을 때 자기네 부부는 두 번이나 갔는데 힘들지 않다면서. 누나는 거뜬히 올라갈 수 있으니 자기를 따라 천천히 한 계단씩 가자고 안심시켰다. 그 말을 믿고 이제는 꼼짝없이 가야 한다. 붉은색 나무 계단은 일정하게 단단히 만들어져 있다. 양쪽에 손잡이도 있어 오를 만하다. 갈수록 안개는 짙어 눈앞의 계단 몇 개만 나를 안내한다. 만일 맑은 날이었다면 더워서 더 힘들었을 것을 그나마 안개에 젖어 덥지는 않다. 길에서는 걸어야 하고 산은 올라가야 한다고 걸음마다 마음과 다리를 달랜다.

함께 간 분은 84세, 79세 노부부와 대장과 나, 노부부는 거뜬히 정상에 서고 내가 제일 늦게 도착했다. 내가 쓰러지지 않은 것은 산 정상에서 바라본 하얀 세상 때문이다. 발아래 돌 몇 개와 나를 부축하고 서 있는 대장 외에는 보이는 것이 없다.

돌 바다, 석해(石海)

이 아무것도 없는 천지야말로 모든 생각을 떠나 빈 마음의 경지라 할까. 이런 느낌은 오직 내가 맘대로 만들어낸 허황된 상상이라 하더라도 잠시나마 선경(仙境)에서 놀아 본 듯한 체험, 이것이 꿈인지도 모르겠다. 황홀한 경지에 취한 채 어렵게 큰 돌 위에 섰다. 아무것도 보이지 않으니 상상으로, 눈은 산 아래를 내려다보고 이어서 멀리멀리 보이지도 않는 돌 바다를 바라보란다. 그 돌 바다를 보기 위해 높은 산을 오른 거란다. 4~5억 년 전 형성되었고 지구 표면에 노출된 암석 조각이다. 그때는 바다였는데 바닷물은 어디로 갔는지 돌만 남은 바다로 세계의 관광객들을 부르고 있다.

바다가 아니고 돌만 있다니 수평선이 아닌 지평선을 안개 속에서 상상해 보아야 했다. 국가 AAAA급의 풍경으로 명승지다. 돌 바다 대신 안개 바다를 보았는데 그 바다가 얼마나 아득해 보이는지 구름 위에 떠서 안개 속으로 한없는 침묵과 고요에 싸여 세상 어디에서도 볼 수 없는 평온한 곳이다. 눈을 뜨고 세상을 본 이래 처음으로 아무것도 보지 않기 위해 힘들게 산에 올라왔다.

얼마나 많은 것을 보며 눈과 정신이 피곤했던가. 산은 높고 끝을 알 수 없는 안개에 눈이 부셔 약간 어지러움을 견디면서도 더 오래 아무것도 보지 않으려고 애를 썼다. 지금도 눈만 감으면 안개 속에서 시간이 멈춘다.

정상에는 국가 삼림공원, 지질공원, 흑룡강의 제1봉 등의 이름이 붙어있다. 봄에는 두견화가 피고 연송이라하는 키 작은 눈잣나무가 빽빽한 넓은 습지도 있다. 높은 산 정상에 습지라니. 어렵게 두견화 나무를 찾았다. 고산이라 색이 곱다는 설명과 꽃 사진으로 이름표가 붙어있는 걸 간신히 볼 수 있었다. 내려오는 계단은 따로 있다. 붓고 떨리는 다리로 내려오다 보니 안개가 조금씩 엷어지고 산에 있는 것들이 보이기 시작한다. 나무는 아름드리 고목으로 생명이 다하여 이끼가 새파랗게 덮여 길이 되어 주고 있다. 이 죽은 나무들에 눈꽃이 피면 장관이라고 겨울에 다시 오란다. 나뭇가지를 주워 지팡이 삼아 힘들게 발을 떼었다. 안개가 걷히며 보이기 시작하는 하늘 구름 사이로 한창 커 가고 있는 추석 달이 어찌나 예쁘던지, 그만 주저앉아 달 좀 보고 가자 하니, 지금 우리만 남았다고 나를 일으킨다. 이런 상황에 대장에게 메마른 가슴이라고 어찌 탓할 수도 없고, 너무 짧은 하얀 세상이 아쉬워 자주 뒤를 돌아본다.

산을 다 내려왔을 때는 밤이었다. 우리 일행 네 명을 기다려 준 버스를 탔다. 올라올 때보다 더 무서운 속력으로 곡예를 하듯 구불구불 내려와 우리 차로 갈아타고 숙소에 오니 일곱 시가 넘었다. 날은 완전히 맑아 조각달이 따라와 창가에 앉았다. 아픈 다리를 붙들고 여전히 잠 못 드는 밤이다.

대협곡(大峽谷)

9월 16일 다음 날 아침 일찍, 폭포 길이마다 100m라는 대협곡으로 갔다. 긴 계곡 중에는 여섯 개의 폭포가 구슬처럼 꿰어 있고 대빙설(大氷雪)의 큰 화원, 대협곡으로 유명한 곳이다. 어제 갔던 돌 바다의 발원지다. 아래에서 폭포만 쳐다보고 올 거라 했는데 또 속았다. 오늘 계곡으로 가는 차에는 창문이 없다. 깊은 계곡이라서인지 차에 부딪히는 바람의 세기가 허리케인 수준이라고 한다. 미국에서 지낼 때 허리케인의 위력을 한 번 겪어보았다. 차에서 내려 올려다본 계곡은 폭포 급이다. 산은 노랗게 단풍이 들었다. 오르는 길은 오직 그곳에만 있다는 검고 얇은 돌과 시멘트를 섞어 편편하게 잘 만들어져 있다. 떨어지며 날리는 낙엽과 물소리를 동무 삼아 힘든 다리 그대로 한 걸음씩 걷는다. 이 계곡의 경치를 일보일부(一步一副)라고 한다는 말처럼 한 발자국에 그림 한 폭일 만큼 눈을 두는 곳마다 경치가 빼어났다.

이런 신비한 대자연이 과연 어떻게 만들어졌을까. 헤아릴 수도 없는 긴 세월 전, 엄청난 화산이 터지고 용암이 계곡으로 흘러내리면서 돌을 태우고 녹고 새까맣게 되었다. 협곡의 길이가 10,000m, 흐르는 계곡이 6.5km, 삼림이 무성하며 희귀 동식물의 보고, 공기가 맑아 공기 $1m^3$에 산소의 입자가 21,000개에 달하여 천연적인 산소의 바다, 피서의 성지라고 한다. 겨울은 폭포수가 얼어 거꾸로 걸려있는 채 눈에 덮이면 쉽게 볼 수 없는 기묘한 현상으로 보는 사람마다 탄성을 자아낸다고 한다.

여기 계곡물에는 고기 한 마리가 없다. 너무 맑아서일까. 물의 성분 때문인가. 물살이 너무 빨라 머무를 수가 없는가. 한 모금 먹어보았다. 사이다처럼 입안이 싸하다. 여기도 몇백 년쯤 되어 보이는 죽은 나무들이 쓰러져 계곡에 다리가 되어 주고 이끼를 살리며 긴 세상 겪은 풍파를 알려준다. 세월과 인간의 흥망성쇠와 역사를 보여주려는지 정비하지 않고 자연 그대로 두고 있어 운치를 더한다.

쓰러진 나무 곁에 '500년 大靑楊'이라고 이름표를 달고 있는 나무가 힘들게 서 있다. 울퉁불퉁한 나무껍질이 손으로 떼어진다. 같이 간 언니가 그 껍질을 몇 개 떼어서 배낭에 넣는다. 정상으로 오를수록 계곡의 물은 폭포로 변한다. 수직으로 떨어진 폭포가 날아갈 듯 쏟아지는 아래로 내려다보니, 마치 거대한 하얀 용 한 마리가 산 아래로 쏜살같이 헤엄쳐 내려가는 모습이다.

정상에 오르니 이 많은 설명이 돌판에 새겨 있다. 빠르게 흐르는 물을 따라 내려오며 지난날과 오늘과 앞날을 가늠해 보았지만, 자연은 광대하고 나는 너무 작다.

어제의 안개와 오늘의 계곡에서 나의 심신이 깨끗해지기를. 파란 물 한 방울 뚝 떨어질 것 같은 하늘에 구름 한 송이를 쳐다본다. 이 순간만이라도 맑고 참한 마음 되었으니 나를 두 번이나 속였다고 생각한 대장에게 감사해야겠다.

집으로

이틀 동안 산길을 열 시간 넘게 오르내렸다. 일행에게 크게 부담되지 않았으니 다행이고 나 역시 쓰러지지 않았으니 고맙다. 숙소에서 점심을 먹고 집으로 출발했다.

오는 길에 다시 만난 코스모스 길에 인사하며 석양을 만났다. 오렌지빛으로 불타는 구름이 노랗게 익은 들판으로 흘러내려 함께 어울려 만들어진 황금 지평선이 장관이다. 가을이 지나갈 때는 단풍으로, 하루가 끝날 때는 노을로, 내 일생의 끝은 무슨 색일까. 언제 다시 볼 수 있을지 모를 황홀한 경치는 나를 숨 막히게 했다. 주위에 산이 없으니 노을은 오래도록 따라오다가 하얼빈 시내 높은 건물 뒤로 사라졌다.

집에 도착하자 언니는 곧바로 바느질을 시작했다. 협곡의 중간쯤에서 죽어간 500년 나무에서 벗겨온 껍질을 빨간 작은 주머니 속에 넣어 나에게 주었다. 기막히게 선택한 날짜, 안개 바다, 산 정상의 습지, 협곡의 긴 폭포, 온 계곡을 덮은 검은 돌, 황금 지평선, 아름다운 코스모스 길, 나뭇가지 사이로 보이는 조각 달, 노을…. 나와는 인연이 없던 행운을 맛보게 한 것들이다.

내 고단한 정신이 깨끗이 맑아져서 달래졌을 거라고 믿고 싶어서, 빨간 주머니의 의미가 무엇인지는 일부러 묻지 않았다.

화초 기르기

손바닥만 한 베란다가 있다. 화분 몇 개를 놓을 수 있으니 얼마나 감사한가. 나는 화분을 떠받들며 지낸다. 꽃 없는 시절에도 봄이 조급하다. 몇 개는 화초 이름도 모르고 누군가 준 것들이다. 시간이 지루할 때, 몸이 고단하거나 마음이 어수선할 때, 한 줄의 글이라도 써 보고 싶을 때 베란다로 나간다. 물을 주며 잎을 닦아주고 얘기를 나눈다. 마음을 차분히 가라앉히기에 나한테는 제격이다.

남서쪽으로 향한 집이다. 작은 베란다는 올여름 뜨거운 햇볕과 열기를 하루 몇 시간씩 받고 있었다. 화초 기르는 것도 취미고, 싱싱한 잎에 꽃이 활짝 피면 나도 한 가지 재주는 있다고 흐뭇했다. 이 믿음도 무색하게 더운 여름이 거의 지나고 나서 화초 하나가 시들었다.

일 년 내 주홍빛의 꽃송이가 주렁주렁 달려 즐겁게 하더니 어찌 된 일인지 알 수가 없다. 기르기 아주 쉬운 꽃이라 들었는데. 매일 아침에 일어나면 먼저 찾아가 문안한다. 밤새 추웠나 더웠나, 혹시 살짝 열어둔 창문으로 간밤에 길 잃은 나비라도 한 마리 날아들었나 두리번거리기도 한다. 언제나 씩씩해서 예뻐했건만 어찌 내 맘 모르고 시들었는지 섭섭하기 짝이 없다.

꽃이 시들은 이유를 나중에 알았다. 꽃이 시든 건 완전히 내가 멍청한 탓이었다. 물을 적게 주어야 한다는 건 알고 있지만, 너무 강렬한 여름 햇볕도 좋아하지 않는다는 것은 미처 몰랐다. 그런 것을 뜨거운 볕에 놓고 내가 덥고 목마르니 너희들도 더울 거라고 시도 때도 없이 물을 주었다.

식물이 원래 가지고 있는 능력이 있을 것이다. 아무것도 모르고 그것들의 생명이 내 손에 달렸다고 생각하여 잘난 척 아는 척했다. 내가 그들에게 해줄 수 있는 일이란 사실 얼마 되지 않는다. 스스로 살아가게 해야 했다. 잘못된 사랑으로 자연을 거스른 것이 한 생명을 재촉했다. 기왕 갔으니 뽑아보았다. 뿌리가 줄기와 비교하여 터무니없이 약하다. 물이 많아 멀리 자랄 필요가 없었는지 부실하기 짝이 없다. 나를 만난 화초가 죽어간 건 드문 일이다.

비록 사람과 식물의 동거지만 작은 화초들에 마음을 많이 의지했다. 서로의 체온은 나누지 못했어도 사랑은 여한 없이 나누었다. 넓지 못한 공간에서 오밀조밀 잎끼리 어깨동무했다.

꽃끼리 마주 보며 누가 오래 피어있나 자랑도 했으련만, 나의 잘못으로 한자리가 텅 비었다.

생명 키우는 일을 내 맘대로 했다. 시든 꽃을 붙들고, 함께할 때 물과 햇빛에서 몸살은 했을망정 너를 향한 정성은 알아주어야 한다고 서운함을 토로해 본들 나만 처량할 뿐이다.

좁은 공간이라도 감사했던 마음은 어디 갔나. 작은 집 불평만 했다. 물을 많이 준 탓인데 좁은 자리와 무슨 상관이냐고 나머지 화분들이 나를 쳐다본다. 그래, 너희들만이라도 잘 살아라. 혼자 중얼거리며 죽은 화초를 뽑아 쓰레기 봉지에 꺾어 넣었다. 순간 거꾸로 쏟아진 화초에서 이상한 기운이 느껴져 움찔하고 나서야 다시 바르게 세워 넣었다.

쓰레기장에서 훨훨 타라. 향기도 내뿜고 소리도 질러보라고 미안한 마음으로 봉지를 묶었다. 오랫동안 같이 살던 작은 생명의 마지막에 남모르게 속이 상한다. 스스로 열기와 수분을 피할 능력이 없는 식물이 살아보려고 몸부림치다 지쳤을 생각에 얼마나 짠하던지. 궁한 집 형제들이 다정하듯 환경 좋은 자리가 아니라도 남은 것들끼리 서로 바라보며 살아야 한다.

집안을 예쁘게 꾸미기 위해 꽃을 기르는 것이 아니다. 가족이라도 되듯 살갑게 키웠으므로 사람 빈자리만큼이나 허전하다. 생각해 보니 많은 물이나 뜨거운 햇볕 탓만도 아닌가 싶다. 틈만 나면 꽃 앞에 쭈그리고 앉았다. 그네들에게 넋두리를 너무 쏟아 놓았다. 나의 한숨에 시들었을지도 모른다. 지나친 사랑을 믿는 게 아니었다고 뒤도 돌아보지 않고 흙으로 돌아갔겠지. 뒤늦게 큰언니가 가르쳐 준 대로 나무젓가락을 청진기 삼아 흙을 꾹꾹 찔러본다. 젓가락에 젖은 흙이 묻어나면 아직 물기가 넉넉하다는 증거란다.

어느새 작은 나무에서 가을 기운이 보인다. 얼마나 더 마음이 고요해져야 식물들의 이야기를 들을 수 있을까. 남은 것들에게 혼자 살아가도록 지켜봐야지. 옆에 앉아 푸념하지 말고 너무 떠받들지도 말아야지. 그렇다고 꽃도 나도 스스로 각자 살아간다면 너무 쓸쓸하지 않은가. 아침 일찍 집안의 풀잎들과 하루의 첫인사로 즐거운 하루를 맞이하는데. 속마음을 다 보여도 좋은 어떤 상대는 꼭 사람이 아니라도 좋다. 흔한 화초 몇 가지가 감각 능력이 모자란 나를 어루만져 줄 수 있다면 일상의 좋은 친구로 넉넉하다. 꽃도 순서대로 피고 지는 것이 아닌가 보다.

chapter_5

바람 소리

사람

늦가을이다. 아침 해가 떠오르면 공원에 간다. 산책이라 하기에는 목적이 뚜렷하고 운동이라기에는 어디에도 힘이 느껴지지 않는 느린 걸음이다. 햇살이 아직 익지 않고 부드러울 때다. 맘껏 쬐어도 좋은 해맑은 아침, 일찍 나온 사람들은 거의 돌아가고 한적한 공원을 천천히 걷는다. 주위가 조용하여 번잡한 생각들이 사라지며 정신이 맑아진 느낌이 좋아 이 시간을 지키고 있다.

비슷한 시간에 운동기구 앞에서 날마다 얼굴을 대하는 서너 사람이 있다. 당연히 호구조사를 하고 보니 내가 막내다. 모두에게 언니라 부른다. 그중에 단 하루도 빠짐없이 어두운 시간부터 나오는 언니가 있다. 늙은 강아지를 태운 유모차에는 봉지가 주렁주렁 걸려있는데 들고 양이 세 마리를 보살핀다. 정해놓은 시간에 밥을 먹이느라 늦을 수가 없단다.

우리 집에서 2~3분만 걸어 나가면, 그 언니가 고양이를 부르는 소리가 들린다. 희망아! 사랑아! 그럴 때는 반갑고 든든하여 걸음이 빨라진다. 고양이는 할머니의 속도 모르고 보이지 않는다. 애가 타도록 부르는 것은 빨리 밥을 먹이고 알바를 가야 하는 그 언니는 맘이 바쁘고 언제나 급하다. 태우고 다니는 강아지도 나이가 많아 눈도 귀도 기능을 잃었다고 애처로워한다. 자기가 아니면 저 고양이들이 굶어 죽을 거라며 한 마리라도 밥을 못 주고 가는 날에는 일도 제대로 못 한다고 한다.

우리는 그녀에게 복 받을 것이라고 자주 말했다. 그럴 때마다 복은 이미 넉넉히 받고 있다며 웃곤 했다.

아직 어둑한 이른 시간에 나간 어느 날이었다. 해가 뜨려고 붉어지기 시작한 동쪽 하늘과 저만큼 서쪽 하늘에는 흰 조각달이 떠 있었다. 사람들이 뜸한 넓은 공원에 혼자 의자에 앉아 망연히 하늘을 올려다보고 있었는데 늘 바쁜 그 언니가 나에게로 왔다. 고양이 한 마리가 밥을 먹지 않아 어딘가 아프기라도 하는지 지켜보느라 늦었다고 하더니 갑자기 나의 전화번호를 물었다.

며칠 후, 언니에게서 카톡이 왔다. 복음성가와 함께 문자도 길게 있었다.

"카톡을 보내놓고 잘 갔나 안 갔나 확인하려고 링크를 열어보니 열리지 않네요. 와이파이가 없는 곳에서 보내서 그러는지 모르니, 집에 가서 다시 보낼게요. 제가 좋아하는 복음성가를 나와 함께 듣고 싶어 보냅니다." 대충 이런 내용이었다.

새로운 사람이 처음 보내는 문자라서 자세히 읽어 보다가 조금 놀랐다. 맞춤법도 틀림없고 띄어쓰기도 정확했다. 쉼표나 마침표도 잘 찍혀 있다. 글 중에는 내가 가끔 헷갈리기 쉬운 두 개의 안(않) 자가 다 들어 있었는데 제자리에 제대로 쓰여 있었다. 줄을 바꿀 때도 어색하지 않았다. 더욱 놀라운 것은 칸을 띄우지는 않았지만, 말이 바뀐 부분의 첫 글자가 한 칸 들어가 시작되어 있었다.

한글을 쓰는 사람이면 누구나 기본적으로 아는 상식이겠으나, 내가 글쓰기를 배우기 전에는 이런 것들을 알고 있었다고 결코 말할 수 없다. 답을 써 두고 틀린 곳이 없는지 한참이나 살펴보았다. 80이 다 된 연세에 문장을 그렇게 정확하게 쓰기는 쉽지 않겠는데, 궁금증이 생겼다.

다음날부터 언니를 자세히 보게 되었다.

고양이 밥을 먹이고 있는 손은 거칠었다. 언제나 회색 통바지에 검정 점퍼를 입는다. 야구 모자를 눌러쓰고 낡은 유모차를 앞세우고 다닌다. 인정 많은 우리네 할머니의 소박한 모습이다. 고양이 사룟값이라도 보태려고 일을 하는지는 알 수 없으나 연세보다 젊고 건강해 보인다.

그 언니가 글을 정확하게 썼다고 왜 내가 놀라고 있는지 모르겠다.

문자 몇 줄에 사람 보는 눈이 달라지면 안 되는데, 나에게 어떤 나쁜 선입견이라도 있었던가? 스스로 놀랐다. 이건 안 될 일이었다. 나는 그 언니의 심성도 따라갈 수 없을 뿐만 아니라 아직도 띄어쓰기나 문장이 자주 틀린다. 머릿속에 많은 생각이 오고 갔다.

카톡에서는 철자법이나 문장이 틀려도 괜찮다고 들었다. 하지만 내가 누구에게 보낸 문자를 내용보다는 글을 자세히 들여다본 사람이 있을지 누가 아는가. 가뜩이나 문자 보내는 게 서툴러 실수를 자주 하는데 앞으로는 더욱 손이 떨리지 않을까 염려되었다.

받은 문자를 다시 읽어 본다. 젊을 때 무엇을 했고, 지금은 누구와 살고 있는지. 많은 연세인데 무슨 일을 하는지. 누가 나를 궁금해하면 싫었는데, 지금 내가 그를 궁금해하고 있다. 고양이도 하루에 두 끼는 먹어야 한다며 오후 늦게 한 번 더 나온다니 정성과 사랑이 끝이 없다.

사람들과 얘기하다 보면 내가 모르는 것이 많다. 왠지 언니에게는 많은 이야기가 있을 것 같았다. 그렇지만 남의 삶을 알려는 것은 좋은 일이 아니다. 고양이들 덕에 우울증이 낫고 행복하다니 언니의 생활을 더 알아야 할 이유가 없다.

남의 사정을 궁금해할 것이 아니다. 문장을 똑바로 쓰도록 글공부에나 정신 차려야지. 상쾌한 아침에 언니들과 걷기 운동이나 열심히 해야겠다고 생각하지만, 한편으로는 언니의 잘 쓴 문장에 대한 궁금증은 사라지지 않는다.

바람 소리

　오랜만에 느린 걸음으로 가까운 곳에 있는 숲속을 걷는다. 겨울을 몰고 오는 늦가을 찬바람에 몸으로 느껴지는 추위가 만만치 않다. 잎을 다 태워 떨궈버린 나뭇가지에 바람 소리만 윙윙거린다.

　황혼으로 향한 걸음을 너무 재촉했나. 어느 순간부터 무릎이 아프다. 경사진 곳이나 계단을 오르내리기가 조심스럽다.

　산책길 중간쯤에서 차가운 나무 의자에 낙엽 한 줌을 깔고 앉았다. 앙상한 가지 사이로 하늘은 멀고, 살포시 밀려오는 외로움에 바람 소리도 싫지 않다. 바람은 빈 나뭇가지를 스쳐 가며 휘파람을 불기도 한다. 어렸을 때 우리 집 앞마당에서 독수리가 병아리를 채갈 때 무서운 날갯짓 소리처럼 내 앞에서 바싹 마른 낙엽들을 휘몰고 간다.

　눈에 보이지 않는 바람이 뭔가에 부딪히며 신비한 소리를 낸다. 우리의 삶 중에서도 만날 수밖에 없는 많은 어려움이 아름다운 추억을 만들어낸다. 내 앞에 닥친 환경을 순리에 따라 이겨내고 나면 삶의 모양도 더 반듯해지지 않던가. 산도 나무도 없고 높은 건물도 없으면 바람은 조용히 그대로 쉽게 지나가겠지. 바람은 이런 것들이 고난일 수 있으나 사람이 낼 수 없는 자연의 소리도 들려주며 자신의 존재를 알린다.

산은 군데군데에 바위가 있어야 더 장엄하다. 거기에 뒤틀리며 힘겹게 뿌리를 내리고 사는 소나무가 더 멋진 경치를 만들고 있으니, 삶이라는 고된 일상은 우리에게 잊지 못할 그리움을 만들어 주고 있다.

만약 시냇물 속에 돌이 없다면 졸졸졸 노랫소리를 들을 수 있을까. 이런 소리와 모습이 우리의 정서를 가꾸어주고 다양한 삶의 형태로 고운 무늬가 되어서 한 사람의 일생을 수놓는다.

운동해 보겠다고 힘겹게 산에 왔다. 쓸쓸한 늦가을 정취에 취해 바람 소리에 나를 맡겨보는 시간이다. 나의 무채색인 성격과는 달리 지나온 날은 알록달록 여러 색깔을 지닌 자연을 닮아서 좋다.

'인생이 평탄하기만 하면 무슨 재미가 있을까?' 생각한다. 삶은 어차피 완벽하지 않은 것이라고 마음 다독이다 보니 차가워진 몸이 조금 녹는다. 저 찬바람 속에 내 마음의 소리도 있으려니, 귀를 열어둔 채 산을 내려오는 발걸음에 조금은 힘이 실린다.

살아 있는 기억

길을 걷다가 앞서가는 비구니스님의 뒷모습에 갑자기 가슴이 뛰었다. 원하면 이루어질 줄로만 알았던 젊은 시절, 어느 스산한 날의 산속 절 풍경이 생생하게 그려진다.

20대 후반쯤이다. 진지한 마음으로 스님이 되겠다고 친구와 함께 경주 불국사로 갔다. 아침부터 관광객으로 북적거렸다. 석굴암 안내를 하느라 분주한 스님께 간신히 다가가서 큰스님을 뵈러 왔는데 어디로 가야 하느냐고 물었다. 스님은 어이가 없다는 표정으로 우리의 아래위를 한참 훑어보았다. 한동안 말이 없다가 꼭 만나 뵈려거든 오늘의 관광객이 한 사람도 남지 않을 때까지 기다리라고 했다. 가능할 수도 있다는 말로 들렸다.

불국사 경내를 구경하며 끊임없이 밀려드는 사람들 틈에서 석굴암으로 자주 내려가 슬쩍슬쩍 상황을 보며 긴 하루를 보냈다. 스님은 외국 사람들이 오면 그 나라 말로 유창하게 안내했다. 놀랍고 부러웠다. 멀리서 그 스님도 우리를 곁눈으로 보고 있다는 걸 알아차리고 기다리 라는 말이 헛말이 아니라고 믿었다.

금방 울음이라도 터질 것 같은 날씨에 해는 어디쯤 있는지 알 수 없 었다. 사람들은 더 오지 않고, 멀리서 본 스님은 손으로 얼굴을 몇 번 쓸어내리더니 작은 의자에 앉았다. 어스름이 깔린 석굴암 입구로 갔 다. 단단히 야단맞을 준비를 하라는 스님의 뒤를 따라서 어느 초라한 방문 앞에 섰다.

"스님! 웬 처녀 둘이 큰스님을 뵙고 싶답니다."

숨죽이고 기다리는데 방문이 열렸다. 이제는 절차를 밟게 되는구나, 생각하며 마당에서 합장하고 꾸뻑 절을 했다. "들라 하세요". 무겁고 호흡이 깊은 목소리에 지레 기가 꺾였다. 우리를 데리고 간 스님은 방 쪽으로 손짓하고 되돌아갔다. 발꿈치를 들고 조심스럽게 방으로 들어 가 또 절을 하였다. 앞에 놓인 작은 탁자에 머리가 살짝 부딪칠 만큼 방이 작았다. 무슨 일로 왔느냐. 얼마나 기다렸느냐. 두 사람은 어떤 사이냐고 물으셨다. 우리는 스님이 되고 싶어 왔으니 받아주시면 어떤 고생도 할 것이라고 고개를 숙였다.

"허허, 이런 철부지 딱한 사람들을 보았나! 어디 그런 얼굴이나 좀 봅시다".

우리는 천천히 고개를 들었다. 스님은 왜소한 체구에 부드러운 인상이지만 움푹 들어간 눈에서 쏘는 듯한 강렬한 눈빛에 얼른 눈을 내리깔고 말았다. 조금 전까지도 기대가 있어 가슴 두근거렸는데 순간 겁이 났다. 수년간 혹독한 훈련을 거친다는 어느 수행승의 이야기도 그제야 떠올랐다.

이른 결혼을 후회하며 힘들게 지내고 있는 친구에게 "두 번 다시는 결혼하지 마시게."라고 했다. 나는 소스라치게 놀라 불안하기 시작했다. '제 얼굴은 보지 마세요.' 숨을 죽이고 있는데 순간 나를 찬찬히 살펴보았다.

"밥은 혼자 먹어도 중 될 팔자는 아니구먼."

실망과 안도가 한꺼번에 밀려왔다. 세상 경험 두루 하다가 죽어서 천국이나 가면 되겠네, 하더니 큰소리로 밖에서 시중드는 사람을 불렀다. "밤이 늦었으니, 방을 하나 내주어 잠이나 청하게 하라."고 했다. 한마디도 못 하고 스님 방을 나왔다.

얼마나 무모한 짓이었는지. 거기서 정신 차리고 끝났으면 좋았을걸, 수년이 지난 후 또 한 번의 기회에 마음을 뺏겼다. 서울 양재동에서 살 때다. 집 근처 대로변에 큰 절이 있었다. 일요일마다 법회에 참석한 신도가 천명에 가까운 절에서 수계도 받고 법명도 받았건만, 어찌 된 일인지 진작에 법명을 잊어버렸다.

어느 일요 법회 시간에 스님 후보자를 뽑는다는 광고를 했다. 눈이 번쩍 띄었다. 법회가 끝나고 긴 줄을 서서 신청서를 받아 텅 빈 바닥에 엎드려 꼼꼼히 써서 그날 바로 접수까지 마쳤다. 반은 뜻이 이루어진 듯했다. 불국사에서는 스님 될 팔자가 아니라 했지만, 이런 기회가 또 주어지는 걸 보면 그 스님이 잘못 봤거나 분명 거짓말을 했다고 생각했다.

두 주일 후, 신청자가 너무 많아 서류심사를 거쳐 4분의 1 정도의 30명으로 줄였고 나도 그 속에 들었다. 나이도 참고가 되었다는데 그때 삼십 대 중반이었다. 합격할 사람은 단 세 명, 3년간의 모진 훈련 중 포기할 사람을 예상한 숫자란다. 신청자가 많은 것보다 더 놀라웠던 건 신청자들의 면면이다. 정치가, 사장님, 성악가, 배우, 가정주부…. 나는 명함도 못 내밀 정도다. 꽤 괜찮은 위치에 있는 사람들이 스님이 되려는 이유를 그땐 알 수 없었다.

다음 일요일, 법회를 마치고 30명을 사무실로 데리고 갔다. 학생부터 어르신까지 다양했다. 절의 여러 사정상 3명을 선발하려고 30명을 다 교육 시킬 수 없다며 경력과 학력을 참고해 15명을 선발했다고 했다. 해외 유학 출신까지 있었고 나는 당연히 탈락이다. 주지 스님은 며칠 전 하버드 대학에서 강의하고 왔다며, 이제는 세계를 중심으로 포교 활동을 해야 하는 시대여서 여기에 부응할 수 있는 사람으로 선택했으니 섭섭해 말라고 위로의 말을 했다.

중 될 팔자가 아니라는 말이 정말인가. 어디로 튈지 모르는 성격에 몸은 약하고 무엇에도 매인 것을 못 참는 내가 어떻게 감히 수행자가 될 생각을 했던가?

끊임없이 출렁이는 세월의 파도는 우리를 그냥 두지 않았다. 친구는 결혼을 세 번 했고 나는 기독교인이 되었다. 결혼을 하지 않는 일도, 재혼하는 일도 쉬운 일은 아니다. 불국사 스님이 천국이나 가라 했는데, 그때 비로소 천국이라는 말이 가슴에서 딱 걸렸다. 불교에서는 천국이라는 말을 듣지 못했다. 그날 큰스님은 우리의 앞날을 정확하게 가르쳐 주었던 것을 뒤늦게야 알아차렸다.

기회는 얻는 것도 중요하지만 놓쳐서 다행인 것도 있다. 아무리 간절해도 나에게 주어지지 않을 일은 일어나지 않는다. 미련은 없으나 두 번의 절실했던 마음은 지금도 파랗게 살아 있는 기억으로 내 생의 한 부분이다.

스님도 아니면서 혼자 밥을 먹는 삶이다. 겉에서 보이는 쓸쓸함보다는 오히려 안에서 공손한 인품으로 완성되어 가는 길이라 믿어 한없이 자유롭다.

세월의 빠르기

맑은 가을날의 유혹에 끌려 밖으로 나갔다. 연천으로 국화를 보러 갔다. 따글따글한 볕과 서늘한 바람, 샛노랗게 익은 나락, 잎을 다 떨구고 콩만 주렁주렁 달린 넓은 콩밭이 단풍이나 국화보다 곱다.

국화를 대충 보고 점심을 먹고 차 한 잔 마시고 나니 짧아진 가을 해는 벌써 서쪽으로 기울고 있었다. 일찍 서둘러 집으로 출발했다. 오후 햇볕은 아직도 눈이 부셨지만 밀리는 차를 천천히 뒤따르다 보니 조금씩 햇살이 기운을 잃었다.

연천에서 김포로 가는 길이 서쪽 방향인가, 차가 계속 해를 바라보며 달린다. 도로 양편으로 큰 건물도 없고 높은 산도 보이지 않아 해를 바라보는 데 아무런 방해도 없었다. 하늘에는 구름도 없고 불그스레 물들어가며 노을이 만들어지고 있었다. 시시각각 햇살은 걷히고 둥그런 불덩어리가 하루의 끝을 알리고 있었다. 연주황에서 진한 주황색으로 변화하더니 산봉우리에 걸렸을 때는 완전한 붉은색이다.

시간은 이렇듯 빠르게 지난다. 해가 지는 속도가 세월의 빠르기와 같다. 정면에서 혹은 오른쪽에서, 살짝 왼쪽으로 고개를 돌려 가며 한시도 눈을 떼지 않고 지는 해를 바라보았다. 마음은 점점 급해졌다.

차 안에서는 아무도 말이 없다. 모두가 태양을 응시하고 있었다. 운전하는 조카가 창문을 열어준다. 아까운 오늘 하루가 끝나고 있는 해를 숨을 죽이고 눈도 깜빡이지 않고 바라보는 한순간이다. 봉숭아꽃 물들인 손톱만큼 남았을 때는 참고 있던 숨도 함께 넘어가는데, 해는 먼 산 아래로 아무런 주저함도 없이 왈칵 떨어져 버린다. 눈 한번 깜짝할 만한 찰나였다. 그 모습은 쓸쓸하면서도 황홀했다.

시간이 길다 짧다, 세월이 빠르다 느리다 하지만 지나가는 시간이나 세월을 눈으로 볼 수는 없다. 오직 느낌이며 밤과 낮의 구별에 사람이 편의상 만들어 놓은 날짜만으로 알 수 있을 뿐이다. 해가 점점 기울어 보이지 않게 되는 이 짧은 숨죽였던 순간에 빠르게 흐르는 세월을 오늘은 똑똑히 보았다. 나의 칠십여 년도 이렇게 짧은 시간에 지나갔구나! 남아있는 시간은 또 어느 틈에 가고 말겠지.

하늘은 연보랏빛에서 핑크빛으로 연해지고 엷은 어스름이 들판을 덮는다. 마음은 텅 비고 조마조마했던 가슴, 허망하게 가버린 하루 끝에서 팽팽하게 당겨졌던 긴장이 긴 한숨으로 풀리며 평온하게 가라앉는다.

미친 세상을 산 노인

– 나유진의 단편소설 『다비식』을 읽고

　단편소설 『다비식』을 노인복지관 문예 창작반에서 수업용으로 받았다. 한 학기에 한 번씩 짧은 소설을 받으면 궁금하고 설레어 집에 오자마자 바로 읽는다. 이번 글을 읽고는 온몸에서 기운이 빠져나가 한참 동안 먹먹했다. 한 여자의 일생이 애처롭기 그지없어서다.

　주인공 노인은 한바탕 꿈이었듯 아흔 해를 살았다. 14살에 부모님이 돌아가시고 4남매의 가장이 되었다. 엄마 젖 한번 먹어보지 못하고 제일 먼저 떠난 막냇동생의 주검을 붙들고 날밤을 새우고 있던 날이다.

　안방에서 남편과 작은댁의 두런거리는 얘기 소리를 듣는 노인은 미친 세상이었다고 한다. 어린것을 업고 들어온 작은댁에게 안방을 내주는 본부인의 심정을 간접적으로 헤아릴 수는 없다. 노인은 천덕꾸러기로 짐승처럼 살면서도 그 누구도 원망하지 않는다.

　작은댁은 잘못을 아는지 빚 갚는 심정으로 살아주었다고 하지만, 무엇이 진짜 잘못인지 모르는 사람이다. 남편이 자기가 보는 앞에서 본부인을 때리는 행패를 부리는데도 멀쩡히 자식을 낳고 사는 여자가 어떻게 용서되는지? 나는 그 입장이 되어 보지 않았으니 모른다고 사람의 운명 탓으로 돌려보지만, 알 수 없는 것이 사람의 마음이다.

어느 날 남편과 작은댁은 아들을 둔 채 중국으로 간다, 노인은 남편의 행패가 없고 작은댁의 아들과 함께 사는 그때가 차라리 좋았다. 나중에 그들이 몰래 돌아와 멀지 않은 곳에서 살고 있음을 알게 된다. 2년 후에 아들이 아파 죽음을 넘나들 때, 노인은 아들을 업고 그들이 사는 집을 찾아간다.

'초 죽음 된 아이를 둘러업고 들어선 토방 앞에서 작은댁의 굽 달린 신식 구두를 보았을 때, 뒤로 쪽져 붙인 머리를 짧게 잘라 볶아 올린 작은댁이 비로드 치마를 걸치고 나오던 순간, 분노와 면목 없음과 비참함과 놀람으로 모든 것이 하얗게 지워지던 순간….'

이 장면이 눈앞에 그려지며 현실인 듯 온몸에 소름이 돋는다. 노인이 배 아파 낳은 자식이기만 했어도 상황은 다른 문제다. 비록 소설이지만 나는 분노했다. 친자식도 없는데 왜 헤어지지 못하고 이런 꼴을 보는가. 참으며 사는 것이 부부라지만 함께 어른이 되어 같은 인격체로 살게 되어있는데, 이건 어떤 말로 설명이 되겠는가.

야속한 세월은 흘러 부모와 사 남매와 남편과 작은댁까지 떠났으니, 모든 인연과 이별하고 노인 홀로 남았다. 무간지옥 같은 세월 90년이

나 살아낸 주인공, 어느 날 동네 젊은이의 상여가 나가는 걸 보고 죄의 식에 혼자서 남모를 결심을 한다.

남의 불행에서 나를 돌아보기도 하고, 많은 가정을 떠올려 본다. 작은댁을 본 사람, 헤어진 부부도 있고 두세 번씩 결혼한 사람도 보았다. 아무리 둘러봐도 노인 같은 인생은 찾지 못한다. 사람이 얼마나 잔인할 수 있는지, 인내의 한계가 어디인지, 목숨은 정말 쇠심줄만큼 질긴 것인지, 비참한 생각에 내 일이나 된 듯 속이 상한다. 분명 현실에서 있을 수 있는 일이련만 노인이나, 남편이나, 작은댁이나 절대로 이해가 안 되는 걸 보면 내 인생의 경험 부족인가 보다.

노인은 그만 갈 때가 되었다고 생각한다. 어려운 삶은 죗값을 치른 것이라 했다. 진실하게 살았던 노인의 죄가 무엇인지 나는 아직도 모르겠다. 볏짚 다발을 방에 들여 석유를 온 집에 뿌리고 자기 몸에도 뿌린다. 마지막으로 아들에게 고맙다는 전화 한 통을 끝으로 이불을 당겨 눕는다. 살아내기가 얼마나 고달팠으면 "무엇이든 목숨 가진 것으로는 태어나지 말게 해 주시오!"라고 천지신명께 빌면서 성냥불을 당겨 스스로 다비식을 치른다.

솟구친 불길에 노인은 보이지 않지만, 멀찍한 곳 작은 소나무에 매어놓은 누렁이가 일으키는 발작이 주인에게 무슨 일이 일어나고 있음을 대신 알려준다.

제발 노인이 저승에서는 편한 삶이기를 바란다. 상상은 얼마든지 가능하나 그 자리에 있어 본 적 없으면 알 수 없는 것이 남의 입장이다. 섣불리 다른 사람의 사는 모양을 말할 수는 없다.

내가 만약 주인공이라면 어떻게 살았을까. 역시 정답은 찾지 못한다. 살아온 날과 다르게 스스로 장엄한 최후를 맞는 노인이 큰사람으로 보인다. 처절하고 외로운 삶은 그래도 반듯한 성품이었기에 죽는 날 어두운 하늘에서 별 하나가 날아갔겠지.

평소 소원처럼 죽은 자리 깨끗하게 생을 마감했다. 젊은 아들 잃은 마을 아낙을 찾아가 말없이 손 한번 잡아주고 돌아섰던 노인의 인품에 절로 머리가 숙어진다. 불길 속에서 몸부림쳤을 노인과 누렁이의 주인을 향한 신음 소리가 마음속에 박혀 들어와 오래도록 지워지지 않는다.

사람은 어느 형편 속에서나 힘들고 외롭다. 어떻게 살아야 잘 사는 것인지, 인연이나 운명 또한 피할 수 없으나, 삶에 있어 이성적인 판단은 사람만이 가진 특성이다. 이성을 잃고 윤리가 무너지면 주인공이 한 말처럼 미친 세상이다. 어떤 고난이라도, 그럼에도 불구하고 살아가야 하니까.

한 노인이 살아낸 슬픈 이야기가 지금도 가슴에서 출렁댄다. 문학이란 이렇게 한 사람의 삶을 엮어서 보여주며 고단한 인생살이를 암시한다. 누구의 어떤 삶이라도 한 편의 소설이다.

이 소설을 쓰게 된 작가의 뒷얘기가 듣고 싶다.

소문

어느 시인이 죽었다. 고독사라 했다. 이 시대에 종종 들리는 죽음이다. 죽은 지 20일이 지나서야, 하필이면 부모님에 의해 발견되었다니 더욱 가슴 아픈 일이다. 사람은 죽으면 아무것도 모르고 가지고 있던 모든 것도 소용이 없다. 그런데 왜 혼자 떠난 걸 뉴스화하는지, 정작 본인도 원하지 않을 텐데 말이다. 주위 다른 사람까지도 혼자 눈을 감는 걸 안타까워하는지 알 수가 없다.

사람이 죽는 순간은 그다지 고운 모습일 리가 없다. 병으로 시달리다가 흉하게 변해버리거나, 병과 죽음에 대한 불안과 사는 동안의 여러 고통으로 마음고생의 흔적 또한 고스란히 온몸에 새겨져 있을 테니, 초라하다 못해 그 험한 꼴일 테니….

그런 모습으로 얼굴 한 번 더 보고, 말 몇 마디 더하고, 위로금 얼마를 받는 게 자신이 없는 세상이니 아무 소용이 없지 않은가. 남아있는 사람만이 그때뿐, 그런 일조차 없었다는 듯 어느 사이에 존재를 잊는다. 시인은 이런 걸 이미 알고 있었나.

그는 시인이었다. 최고 학부를 나오고 유수 대학의 교수였다고 한다. 많은 시집도 출간했다. 이러는 동안 수많은 친구와 문인과 동료가 있었겠지. 그런데 소식이 끊어진 20여 일이 지나도록 그들은 다 어디에 있었나. 무슨 일로 그리 바쁘게 살고 있었는지 모르겠다. 죽음의 이유도 원인도 알 수 없다니, 그가 병이 없었더라도 일부러 조용히 택한 죽음은 아니었을까 하는 엉뚱한 생각을 해 본다.

사람이면 누구나 겪어야 하는 숱한 고뇌. 그것을 넘지 못해서가 아니라 능히 넘을 수 있었기에 시도 죽음도 가능하지 않았을까. 사람들은 얼마나 삶이 풍성하고 훌륭할수록 여러 사람에 둘러싸여 죽음을 맞고 싶어 한다. 한 사람의 마지막은 그 사람의 삶과 닮은 것인가 보다.

그 시인은 살아있는 동안 고독했다더니 소식 없던 지인들은 주인 없는 사진 한 장 앞에서 무슨 말이 있으려나. 친구, 위로, 나눔…. 이런 추상적인 단어는 이제는 아무 쓸모가 없는 일. 오늘도 사방에 외롭고 서글픈 사람 많다. 바빠서 외면하고 지내다가 떠난 뒤에 뒤늦게 문상하는 수고는 하지 않기를…. 살아있을 때 보고, 안부 물으며 더불어 사는 맛을 느낄 수 있는 따뜻한 세상을 그리워해 본다.

생판 모르는 고인에게 명복을 비는 것도 위선처럼 어색하다. 시를 썼으니 그런대로 아름다운 인생이었으리라. 소식 몰랐던 사람들의 조문에 시 한 수 지어 읊어주고 활짝 웃으며 떠나소서!

　오직 한 가지, 참척(慘慽)을 당하신 부모님께는 무어라 인사를 하시겠습니까. 시인과 비슷한 죽음을 맞이할 가능성이 높은 나에게 미리 쓴 글인지도 모른다.

오만 원과 동그라미

아무 일 없어도 무슨 일이 있는 듯 분주한 12월. 거리엔 발걸음도 바쁘다. 한해가 끝나는 은행 안은 사람들로 꼭 차 있었다. 번호표를 뽑으니 대기자가 열일곱 명이다. 그리 바쁠 것도 없으니 느긋한 마음으로 한쪽에 섰다. 무심히 눈이 간 문 쪽에서 할아버지 한 분이 통장을 펴든 채 들어왔다.

바로 안내하는 직원에게 가더니 오늘 들어온 돈이 얼마로 찍혔는지 봐달라고 한다. 눈이 나빠서 그러니 동그라미가 몇 개인지 잘 좀 보라고 하더니 다른 사람이 비켜준 자리에 앉았다. 통장을 유심히 보고 난 직원이 오만 원이라고 했다. 할아버지는 오만 원은 아닐 거라고 다시 잘 보라는 게 아닌가. 직원은 틀림없이 오만 원이 맞다면서 통장에 손가락을 짚어가며 확인까지 시켜 주었다. 아마 노인은 밖에 있는 기계에서 이미 통장을 확인하고 들어온 모양이다. 몇 번이고 그 액수가 맞느냐고 묻고도 믿을 수 없다는 듯 통장에서 눈을 떼지 못한다.

자세히는 몰라도 금방 상황이 짐작되면서 할아버지의 움직임에 신경이 모아졌다. 당신의 몸을 어찌할 줄을 몰라 하며 안색이 변해갔다. 이유도 모르면서 내 마음까지 불안해지는데, 아니나 다를까.

"요것들 봐라. 뭐여, 그러니께, 꼴랑 오만 원을 보내놓고 즈그 에미한테 돈 보냈다고 전화를 혀?"

이번에는 당신이 직접 물어봐야겠다며 주머니에서 전화를 꺼내 어디론가 전화했다. 돈을 얼마 보냈느냐고 다그치듯 묻자 저쪽에서 얼른 대답이 없는 듯했다. 얼마를 보냈느냐고 묻는데, 왜 대답이 없느냐고 할아버지 목소리가 더 높아졌다.

"뭐여? 에미가 보내서 몰러?"

할아버지 목소리가 조금 더 커졌다. 돈 얼마 보냈는지 빨리 에미한테 물어서 나한테 전화해라. 나 시방 은행에 와 있다. 할아버지는 전화기에 화풀이라도 하듯 뚝 끊고는 담배를 꺼냈다. 무엇을 찾는 듯 두리번거리다 다시 주머니에 넣고는 전화기만 꼭 쥐고 기다리는 눈치였다. 급하다는 사람에게 번호표를 바꿔주고 보니 대기자가 스물두 명으로 늘었다. 시간은 많으나 나까지 초조해지면서 할아버지 전화가 울리기를 기다리자니 별의별 생각이 다 들었다.

자식을 효자로 만드는 방법은 기대하지 않는 것이라는 어느 스님의 말이 떠올랐다. 노인은 얼마를 예상했을까. 자식이 돈을 보냈다는 연락을 받고 부지런히 은행에 오셨을까. 보낸 사람이 에미라고 했으니 며느리가 보낸 게 틀림없다. 그렇지만, 막상 통장에 찍힌 오만 원에 실망하셨나 보다. 아들은 급한 마음에 아내가 부쳤으니 잘 모른다고 일단 시간을 벌어놓고 죄송해하고 있으려나. 아니면 아버지만큼 속상해하고 있으려나.

"요것들 봐라. 전화를 안 혀?"

기다리다 못한 할아버지는 다시 전화를 걸었다. 몇 번이나 전화해도 안 받는다고 정말 화가 많이 났다. 보는 내가 민망하여 관심이 없는 척하며 슬쩍 주위를 둘러봤다. 은행 안의 모든 사람이 할아버지의 큰 소리를 말없이 듣고 있었다. 어느 한 사람 웃거나 조용히 하라는 사람도 없었다.

시간이 많이 지났다. 끝내 전화를 받지 못한 할아버지가 벌떡 일어나서 나갔다. 벗어둔 모자도 잊고 가는 걸 안내원이 얼른 들고 할아버지를 부르며 뛰어나갔다.

드디어 내 차례가 왔다. 내 일은 간단하여 금방 끝나고 할아버지 생각을 하며 은행을 나왔다. 집 근처 편의점 밖에 놓인 의자에 그 노인이 앉아 담배를 피우고 계셨다. 반가워서 걸음을 늦추며 할아버지의 얼굴을 유심히 보게 되었다. 표정은 조금 편해 보이는데 과연 전화는 왔을까? 깊은 한숨으로 담배 연기를 뿜어 올리는 멍멍한 표정이 몇 푼의 돈을 찾아 들고 온 내 모습처럼 심란해 보였다. 맑은 하늘로 향한 얼굴에서 구름 낀 한 토막의 삶이 슬쩍 엿보였다. 할아버지와 아들의 형편을 이해해 보려 두 사람의 심정을 여러 갈래로 상상해 보았다.

오만 원밖에 보낼 수 없는 아들의 고단한 형편을 저렇게 가슴 아파하고 있으리라. 아들에게 화를 냈던 일을 후회하며 미안해하고 있을 것이라 생각하니 걱정스럽던 내 마음도 조금 누그러졌다. 어쩌면 오만 원에 화가 난 것이 아니라 떳떳하지 못한 자신의 처지에 더 화가 난 건 아닌지.

연말인데 부모님께 그냥 넘어갈 수도 없고, 오죽했으면 그 돈을 보냈겠는가. 얼른 아들네 형편이 잘 풀려서 다음에는 동그라미 하나가 더 찍혔으면 좋겠다. 공연히 남의 일에 이끌리다가 그만 우리 집골목을 지나쳐버렸다. 이런 내 마음에는 얼마만큼의 진심이 들어 있는지. 자신에게 물으며 되돌아 걸음을 재촉했다.

인공관절센터의 풍경

앙상한 나무 끝에 걸린 초승달이 추워 보인다. 입동 추위가 오고 집 옆 축대를 덮고 있던 고운 담쟁이 잎이 며칠 사이에 다 떨어졌다. 멀리 다니지 못하고 집에 있기엔 쌀쌀한 날씨가 다행으로 생각된다. 오죽하면 무릎 수술을 하겠다고 병원을 찾아갔을까. 버스에서 내리니 병원이 빤히 보이는데도 왜 그리 멀던지. 불편한 걸음걸이가 습관이라도 될까 봐 바르게 걸어 보려고 애를 썼다.

북적거리는 정형외과 앞이다. 사진을 먼저 찍고 오라 한다. 엑스레이실 앞에서 넉넉히 한 시간을 기다렸다. 한 아주머니가 내 옆에 앉더니 낱낱이 묻는다. 나에게 잘 왔다면서 자기는 재수술하러 왔단다. "저 의사들은 사람 수선하는 공부하느라 얼마나 많은 돈을 처들이고 부모를 힘들게 했겠어요?" 하더니 그래서 우리가 자주 아파주어야 한다는 말도 안 되는 말에 열을 올린다. 또 내 무릎을 어루만지며 또 "잘 왔다.

다리 아픈 것쯤은 아무것도 아니어서 몇 번이고 올 수 있지만, 병이란 놈이 제발 오장육부만 더듬고 들어오지 말았으면 좋겠다."라고 한다. 내가 "그럼, 오장육부만 안 아프면 내과 의사는 어떻게 하냐?"는 응대에 옆 사람들까지 다 웃는다. 병에 대한 불안과 더불어 처한 힘든 상황을 뜬금없는 농담이 웃음을 만들어내고 있었다.

사방을 뒤집어 가며 사진을 찍는 데는 시간이 오래 걸렸다. 의사 선생님 방 앞에서 이번엔 두 시간을 기다린다. 휠체어를 미는 사람, 목발에 지팡이, 팔자걸음, ㅇ자 다리가 된 각자의 사연을 말하는 소리에 내 이름을 불러도 못 들을 만큼 소란스러웠다. 이런 속에 나도 섞여 앉아있으려니 70년 쓴 물건을 잘 달래가며 쓰라던 동네 의사의 말이 생각났다.

의사는 사진을 보더니 아직 최악의 상황은 아니니 조금 더 사용해 보고 3개월 후에 다시 와 보란다. 정면에서 찍은 사진만 보고 말한다. 그동안 물리치료에 약 주사 파스 등 여러 방법으로 견디며 바르게 걸어 들어간 모습을 의사는 눈여겨보았나 보다. 차라리 절뚝거리며 들어갈 걸 그랬나 싶다. 약 3개월분과 향정신성 패취라는 것도 처방해 주었다.

다행인지 아닌지 묘한 기분으로 의사 방을 나오는데, 어느 할머니는 누구의 목발에 걸려 넘어졌다고 바닥에 주저앉아 무릎을 붙들고 울고 계셨다. 다리뿐이 아니라 몸 구석구석이 모두 헐거워졌다. 불편한 대로 이 몸을 싫어하지도 좋아하지도 않으며 그동안의 생에 감사한다.

이 다리로 한평생을 지탱했다.

연두색 새싹이 붉게 물들어가는 과정이 몸의 변화처럼 느껴져 마음 한가득 가을이 들어찬다. 부족한 것을 채우거나 잘못된 것을 고칠 생각도 없다. 아픈 만큼 성장할 테니 편한 마음으로 조심하며 살아가야지.

나를 데리고 병원에 간 언니가 일산을 한 바퀴 돌아 주는데 단풍이 어찌나 곱던지. 내 발로 걸어 구경한 가을 정취와는 가슴이 싸늘하게 느낌이 달랐다.

주변에는 의사 아닌 사람이 없다. 수술해도 마찬가지니 하지 말라. 기술이 좋다 해도 내 다리만 하겠느냐. 그 정도 걸으면 됐지 왜 생살을 찢느냐. 그중에는 내 생각과 같은 사람도 있었다. 인공관절 수명이 15년 정도라 하니, 지금 하면 88세, 그때는 죽어도 되니 지금 하지, 왜 육신 아픔을 참느냐….

이런 말을 한 사람은 모두 내가 아니다. 그 사람들 다리도 내 다리가 아니다. 알 수 없는 남의 사정을 짐작으로 잘도 알고 있다. 남을 위로하고 충고하는 것에도 기술과 요령이 있다는 말이 있으니 한 수 배운 기분으로 걱정해 준 마음을 헤아린다.

수술할 수 있는 기준에 이를 때까지 버티는 것이 아니다. 아직은 쓸만하다니 복이 되기를 바라면서 오늘 늦게라도 버스를 타고 물리치료를 받고 왔다.

40대 후반쯤에 등산을 많이 했다. 북한산과 도봉산 능선마다 다 오르내렸다. 설악산 대청봉을 코앞에 두고 더 오르지 못해 일행과 함께 하산했던 기억이 지금 새롭게 아픈 무릎 아래서 일렁인다.

길에서 아는 사람을 만나 나눈 대화다.

"이 좋은 가을에 단풍 보러 안 가?"

"눈앞이 다 단풍인데요."

"그래도 바람이라도 쏘이러 나가야지."

"우리 동네도 바람 불어요."

이 사람하고는 말이 안 통한다고 생각했는지 그냥 웃고 가버린다. 밥 사 줄 생각이 없으면 밥 먹었느냐고 묻지 않는 것이 좋다는 말을 생각하다가 요즘 마음이 한층 좁아져 있는 나를 본다. 아픈 곳마다 그 곳이 제일 중요하게 생각되었다. 막상 다리가 아프니 걷지 못하면 아무것도 할 수가 없다. 걸어야 살아있는 사람이라 여겨지니 노후에 튼튼한 관절이야말로 가장 좋은 연금이라더니 맞는 말이다.

병원 문턱이 닳도록 드나드는 동안 계절은 잘도 찾아오고 지나간다. 별로 민감하지 못한 내 감정들이 저절로 육신을 보살피고 있는 것도 일상이 되었다. 내게로 왔던 모든 것들이 어디로 다 빠져나갔을까. 가장 인간다운 대접을 받아야 할 때가 지금 이거 늘, 의식 속에서 가물거리는 서운함이 감당하기 어렵다.

늦가을 해거름의 빈 하늘을 쳐다본다. 정형외과에서 본 다리 아픈 사람들의 모습 같은 구름이 느리게 흐른다.

송화강 달빛

갑판 위로 올라가 보았다. 칠흑 같은 밤바다. 멀리 인천항 불빛이 보였다. 큰언니와 큰오빠가 뱃머리까지 배웅해 줄 때, 언니 눈에는 눈물이 그렁그렁했다. 배 삼등칸 한가운데 앉아 사백여 명이 한 칸에서 북적대는 신기한 광경을 구경하노라니 머릿속에는 사업하던 20여 년의 세월이 지나갔다.

부모님이 돌아가시고 1년 후, 서울로 와 오빠 일을 일부 받아서 사업을 시작했다. 학원, 공장, 국내 시판, 경험 없는 벅찬 일을 형제들의 도움으로 잘 꾸려갔다. 돈도 조금 모으고 예쁜 아파트도 사서 부족함 느끼지 않고 살았다.

어느 해부터였던가. 하는 일이 사양길로 접어들기도 했지만, 싫증이 나기도 하여 미련 없이 하던 일을 접었다. 곧바로 무엇에라도 홀린 듯, 그동안 모아둔 돈으로 단 한 번도 마음을 둔 적이 없는 일을 시작했다가 짧은 기간에 너무도 깨끗이 다 없어져 버렸다. 경험도 없고 내 무지와 어리석음이었기에 감당할 수 있었다. 형제들 누구도 왜 그리되었느냐고 한 마디 묻지 않았다. 스스로 미안하여 잠시라도 서울을 떠나 홀홀 털고 싶었다. 중국 유학생을 소개받고 오래 머무를 생각으로 유학비자를 받았다. 어쩌면 다시 올 수 없을지도 모른다는 생각으로 그 학생을 따라 밤배를 타고 중국으로 떠난 길이었다.

쉰한 살 때의 일이었다. 배는 대련에 도착했고 반나절 이상을 기다려 다시 기차를 탔다. 두꺼운 성에로 덮인 유리창을 입으로 불어 닦아가며 내다본 중국 동북 벌판은 가도 가도 눈뿐이었다. 작은 산 하나도 보이지 않았다. 열일곱 시간을 갔지만 얼어붙은 몸이 풀리지 않은 채, 만주 벌판이라고 하는 하얼빈역에 도착한 것은 인천을 떠난 지 나흘째 되는 날이었다. 학생의 집으로 갔다. 반쯤 짓다가 그만둔 것 같은 아파트였다. 집안이나 밖이나 비슷한 온도로 그곳의 겨울은 한낮의 기온이 영하 20도 좌우다.

마침 학생의 과외선생님이라는 분의 도움으로 추위와 배고픔을 견디고 새해 3월이 되었다. 하얼빈사범대학 어학부에 들어갔다. 스무 살 전후의 학생들은 거의 한국 학생들이었고 전교에서 내 나이가 제일 많아 별명이 '따—지에(大姐:큰언니)였다. 배부르고 등 따시면 산다는데, 그 반대로 살았어도 시간이 지나면서 조금씩 적응되어 갔다. 사계절을 다 겪었다. 추운 기간이 반년 이상이기에 다른 계절은 기억도 없다.

10월 말부터 내리는 눈은 얼고 또 얼어붙어 8차선 넓은 길은 유리 같았다. 집안에 화장실 없는 집이 많아 거리에는 공중화장실이 줄지어 있었다. 문도 없는 화장실에서 넘쳐흐르는 오물이 얼어붙은 거리에서 미끄러지기도 여러 번이다. 바람과 먼지는 또 얼마나 심한지 눈을 뜰 수가 없었다. 학교 갔다 오면 흙투성이 얼굴과 머리를 차디찬 황토물에 씻어야 했다. 가난한 삶의 오랜 습성에 젖은 그곳 사람들은 작은 불만도 없었다. 산다는 것이 본래 이런 것이라고 체념이 아닌 자연의 섭리로 받아들이고 사는 그들의 정신은 건강해 보였다.

그곳에 송화강이라는 커다란 강이 있었다. 밤이면 가끔 그 강으로 갔다. 하늘과 강 속에 떠 있는 두 개의 달은 보름달이든 조각달이든 왜 그리도 크고 밝은지. 가진 것을 잃었을 때도, 서울을 떠날 때도 담담하던 마음이 송화강가에만 앉으면 강물보다 더 출렁거렸다.

조각달은 언제나 둥글기를 바라다가 둥근 뒤에는 어찌 금방 다시 이지러지는가. 한 달 중 둥근 것은 단 하루뿐, 세상만사가 다 이와 같다고 달은 나에게 가만히 가르쳐 주는 듯했다.

일 년 두 학기가 끝나고 방학했을 때 뜻밖에 서울로 돌아가야만 했다. 너무도 아쉬웠다. 가능하면 오래 머무르려고 단단히 각오한 중국행이었다. 중국어도 조금씩 알게 되고 서울에서 겪은 일도 서서히 잊어가는데, 뜻대로 되지 않았다. 비록 일 년이었지만 평생 잊을 수 없는 시간이었다.

오십 살에 책가방을 들고 학생이 되어본 신선한 경험은 귀하고 값진 추억이다. 형제들의 따뜻한 위로와 사랑 속에서 오빠 일을 거들며 지냈다. 가슴속에 서려 있는 세상의 모진 바람을 송화강에 다 흘려보내기에 일 년은 너무 짧았다. 나이 오십 정도에는 무엇이라도 새로 시작할 수 있겠다는 가능성을 중국어를 배우며 알게 되었다.

　쉰여덟 살, 12월의 추위 속에 나는 또 한 번, 텅 빈 가슴과 빈손으로 낯선 땅 미국 뉴욕으로 떠났다.

재산

　가발 만드는 청년이 있었다. 숱이 적은 머리를 유산으로 물려받았는데 지금 자기가 하는 일에 300퍼센트 만족한다고 한다. 그 유산이 큰 재산이 되었다. 듣기에는 금전적 이익보다 보람을 느끼고 있다는데, 더 무게가 실린 듯하여 훌륭해 보였다.

　사람의 용모에 무엇이 가장 영향이 있느냐고 물으면 나는 서슴없이 머리 모양에 있다고 말한다. 평생 미용실을 드나들면서 미용사는 참 좋은 직업이라고 생각했다. 사람의 인물을 좌우해 주는 일이니 좋아 보였다. 머리 모양이 자존심이라고도 하고 인격이라고도 말한 사람도 있다. 풍성하고 결 좋은 머리카락이 큰 재산이 될 수 있다는 뜻이기도 하다. 화장은 혼자서도 할 수 있지만, 머리는 스스로 잘 만지기란 여간 어려운 일이 아니다. 어디 머리뿐이겠는가. 미모, 큰 키, 백옥 같은 피부, 매력적인 목소리, 예쁜 미소, 유창한 언변…. 여러 가지 외적인 것들이 실력이고 재산이 되는 세상이다. 이런 것들을 어떻게 뚫고 살아가야 하나 고민해 본 적은 없지만 알 수 없는 통증이 가슴을 훑고 지나가기도 했다.

이런 것 중 하나라도 가지려고 돈이나 시간, 노력을 아낌없이 투자하는 현실을 볼 수 있다. 길을 걸으면 별별 모습의 사람들을 보게 되는데, 텔레비전 속 사람들은 하나같이 다양한 외적인 실력과 능력으로 짧은 기간에 재벌이 되었다는 소식에 씁쓸함을 느끼곤 한다. 때론 걷지 않아도 밀려가고 생각하지 않아도 곁에서 보이고 들린다.

지금 어디에서 무엇을 하며 살고 있는지 엉겁결에 제자리와 현실을 잠시 잊을 때도 있다. 우리말도 알아들을 수 없는 말의 홍수 속에 모두가 남보다 앞서야겠다는 노력이 대단하다. 수단 방법 가리지 않고 돋보이려는 사람들 속에서 내가 설 자리는 어딘지, 중심 잡고 사는 것마저도 쉬운 일은 아니다. 빨리 적응하고 능력 갖추면 앞서가고 그렇지 못하면 밟히거나 뒤로 밀려 전화기도 제대로 사용할 줄 모르는 사람이 되어간다.

외적인 것만이 능력이고 실력일까. 이런 속에서라도 살아남아 보자고 생각해 볼 수 있는 것이 내적인 재산은 없는지, 다른 쪽으로 생각이 흐른다. 무엇으로 어떻게든 지금까지 살아오고 있었으니 내 재산 노릇을 한 건 무엇이었을까. 인내, 고집, 오기, 외로움, 막연한 꿈…? 이런 보이지 않는 것 중, 아마도 외로움이 내가 가진 것 중 가장 크다고 하겠다. 이를 악물고 극복하여 지금은 가장 익숙하고 편한 삶이 되었으니 미약하나마 능력이 되었을 법하다. 외로움도 결핍도 티 내지 않고 조화를 이뤄 중심 잃지 않는 기본만은 지켜왔다고 위안 삼는다. 저항할 힘은 없지만 받아들일 마음은 넓다. 갖추지 못한 외적인 실력은 어차피 내 것이 아니기에 포기나 체념이 빠르다. 앞다투지 않으면 세상은 조용하다. 뒷자리에 서면 정보를 얻고, 앞에서 시끄러우면 귀중한 자기만의 것을 줄줄 흘려버린다고 한다.

태풍의 눈은 오히려 고요하다고 하니 주변의 회오리에 휩쓸릴 마음 조금도 없다. 감춰진 능력에 의지하여 가능한 마음 요동치지 않는 고요한 삶이 내 것이라는 것을 진작에 알아차린 것일까. 왠지 쓸쓸해져 무심히 밖을 내다본다. 화분 하나에서 세 가지 색깔의 제라늄이 곱게 피었다. 너희들은 말도 못 하고 움직이지도 못하는데, 오직 색깔과 표정으로 찬사를 받으니 참 좋겠다고 부러워하는 순간, 아! 표정, 인상! 이거 얼마나 큰 능력인가. 온갖 복을 다 타고난 듯한 좋은 인상은 큰 재산이라. 엄마가 삼신상 앞에서 남의 눈에 곱게 보인 딸이 되라고 두 손 모았던 보람도 없이 인상이 차다는 말을 들었으니 참으로 죄송하다.

선거 때 어느 유능하다는 후보가 왜 1위를 못 하는가. 이유가 무엇이라고 생각하는지 사회자가 출연자에게 묻는다. 무색무취 때문이라고 대답한다.

공감한다. 사람에게는 진짜 실력 외에 눈에 띄는 독특한 색깔 하나쯤 있어야 한다. 그래야 남들이 알아주고 거기에 열광하여 인생이 쉬워질 수도 있지 않은가. 나야말로 흑백에 무색무취다. 외적인 능력은 눈을 씻고 찾아도 없다.

자연스러움이 제일 좋다고 말하지만, 나는 아무런 특징이 없으니, 존재감도 없고 기억나지 않거나 잊혀지기 쉬운 사람이다. 꼭 내 탓만은 아니니 억울하지만 어쩔 수 없다. 밀리고 넘어지더라도 세상 중심에는 능력 없다는 다수의 사람이 있어 세상은 돌아가고 있다고 믿으며 자신을 달랜다. 좋은 것, 멋지고 훌륭한 것은 적어야 한다. 못난 사람 때문에 잘난 사람이 더 뛰어나 보이니 못난 사람의 필요가 더욱 절실하다는 것을 세상이 알아주었으면 하는 생각이 든다.

모진 대가를 치르고 얻은 나만의 보이지 않는 재산. 지금까지 변치 않고 나를 지켜 주는 그것에 나름의 방식을 더해 본다. 세상 흐름에 따라 새롭게 이해한다면 적은 머리숱을 유산으로 받은 그 사람처럼 뜻밖의 결과로 300퍼센트의 만족으로 살 수 있을지 아무도 모른다.

주지 못할 이유

올봄 들어 광화문에 세 번 갔다. 집에서 거리는 멀지만 교통이 편하기도 하고, 어디 멋진 카페나 음식점을 찾아갈 줄 몰라서다. 만날 약속이 있으면 무조건 그곳이다 보니 나를 만나기 위해서는 누구든지 광화문으로 정해야만 했다.

처음에는 책방에 갔다. 두 번째는 이번에 시인이 된 작가를 만나러 갔고, 마지막 오늘은 나보다 몇 살 위인 잘 아는 언니를 보기로 했다. 햇살도 고운 세종문화회관 분수 옆 라일락 그늘에서 반갑게 만났다. 점심을 먹고 찻집에 가지 않고 공원으로 갔다. 철쭉이 하나둘 폭죽처럼 터지고 있는 꽃밭을 빙 둘러 있는 나무 의자에 앉았다. 마음은 한가롭고 청잣빛 하늘을 따라 층층 구름도 흐르고 있는데 가슴을 설레게 하는 봄바람까지 꽃잎을 흔들었다. 작년 가을에 만났으니 오랜 시간은 아니지만, 둘이 할 이야기는 많았다.

한동안 반갑게 서로 살아온 날을 낱낱이 풀어놓다 말고, 언니가 등에 메고 온 납작한 배낭을 벗어 뒤적거리기 시작했다. 그동안에 나는 하늘을 보다가 꽃을 보고, 저쪽 나무 밑에서 서성거리는 까치에게 눈을 멈춘다. 점심시간이라 직장인들이 손에 커피를 들고 우리 앞을 지나가는 모습을 구경하는 중에, 언니가 갑자기 말을 이었다. "집 앞에서 버스를 타고 오다 보니 아무것도 준비 못 해서 이것밖에 없네." 하면서 '비타민C'라 인쇄된 작은 곽 하나를 내밀었다. 감사하다고 받아서는 점심 뒤에 차를 마시지 않는 마른 입에 한 봉지를 털어 넣었다. 얼마나 상큼하고 시원하던지.

　　나 역시 빈손으로 가긴 마찬가지였다. 꼭 그 자리에서 주고받아야 하는 것은 아니지만 일순간 미안한 마음이 들었다. 언니가 함께 사는 딸의 효심을 한참 이야기 하는 틈에 아무것도 있을 것 같지 않은 내 가방을 열어 살짝 뒤져 보았다. 손수건이 먼저 보였다. 이건 어딘가 여행 중에 구입한 것으로 신사임당의 초충도(草蟲圖)가 그려진 귀한 손수건이다. 2만 원 이상 주고 산 것으로 이것은 줄 수가 없다. 선크림이 눈에 띄었다. 이것도 비싼 것이다. 여유분도 없고 아직 새것이다. 지금부터 꼭 필요한 때이니 안 되겠다. 바닥에 있던 작은 지갑처럼 접힌 시장 가방이 손에 잡힌다. 보건소 간호사님이 우리 집을 방문했을 때 받은 것이다. 천이 두꺼워 축 늘어지지 않고 손잡이가 짧아 편하다. 키가 작은 내가 들기에 딱 좋아서 자주 사용하니 이것도 아니다. 메모

용 작은 수첩은 언니는 필요 없을 것 같다.

가방 속 다른 쪽 주머니를 열어보니 립밤과 핸드크림이 들어있다. 립밤은 내 입술에 발랐던 것이니 줄 수가 없고, 옳다! 이 핸드크림을 드리자. 크림을 꺼낼 때까지 언니는 딸네 이야기를 하고 있었다.

"나는 드릴 것이 이것밖에 없네요." 손에 자주 바르시라고 했더니, 일부러 그러는지는 몰라도 아주 좋아하는 표정이다. 그 자리에서 쭉 짜더니 손에 듬뿍 바르며 마침 잘 되었다고 했다. 정말 다행이었다. 워낙 숫자에 익숙하지 못한 나는 계산도 연필 없이 머리로는 할 줄 모른다. 이렇게 작은 거 하나를 남에게 주려고 보니 이건 얼마짜리고 저건 어디에서 어떻게 샀는지 신통하게도 기억이 또렷했다. 결국은 집에 하나 또 있고 아무 사연도 없는 물건 하나를 주게 되었다.

시간이 많이 지났다. 서로 고마워하며 가을에 또 여기서 만나자고 일어서는데, 등받이가 없는 의자인 줄도 모른 채 몇 시간을 앉아있어서 얼른 허리를 펴고 일어날 수가 없었다. 돌아오는 길에서부터 집에 와서도, 밤에까지 무언가 기분이 좋지 않고 찜찜했다. 손수건 하나가 뭐 그리 대단하다고. 선크림을 몇 번이나 발라 봤던가. 흔하디흔한 시장 가방 하나 사면 될 것을 이리저리 머리 굴리며 욕심을 부렸나.

생각 같아서는 언니를 다시 불러 가방에 있는 거 다 쏟아놓고 필요한 것 있으면 고르라 하고 싶었다. 꼭 필요하다는, 아니 주지 못할 이유를 찾느라 둔한 머리를 빠르게 굴리며 짧은 시간에 바쁘게 계산하고 있었다니….

깊숙이 숨어있던 또 다른 나를 보고 놀라웠다. 지금까지 나는 그런 대로 착하고 괜찮은 심성을 가진 사람이라고 생각하고 살아왔다. 물질로나 마음으로나 작은 것이라도 나누며 살았다고 믿었다. 늘 어리숙하고 가끔 손해도 보며 억울한 일을 당해도 내 탓으로 알았는데. 그날의 내 마음이 본래의 내 마음인가 싶어 혼자 속이 상해 그만 울 뻔했다. 우등생은 어림도 없고, 모범생은 되어보려고 노력했건만, 순간의 행동에 그만 크게 실망하고 말았다.

어스름 깔린 방바닥에 주저앉아 있는데 열린 문으로 바람 한 줄기가 열띤 얼굴을 식힌다. 가방을 끌어당겨 열었다. 손수건이랑 시장 가방, 선크림을 꺼내서 서랍을 열고 던지듯 제자리에 넣었다.

'언니는 어떤 것을 제쳐 두고 비타민을 골라 주었을까. 언니도 아마 한참이나 가방을 뒤적이다 적당한 걸 찾지 않았을까. 그래도 나보다 먼저 주었잖아.' 속으로 중얼거리면서 언니의 순수한 마음까지 의심하며 죄 없는 서랍을 쾅 닫았다.

부끄럽고 죄송한 마음에 잘 들어가셨느냐고 전화하며 언니의 목소리에 잔뜩 신경이 쓰였다. 밝은 목소리로 저녁 먹는 중이라고, 딸에게 핸드크림을 보여주니 "엄마 그거 없었어?" 하더란다.

오늘도 스스로 사서 한 마음고생 덕에 반성 많이 했다. '누군가 나를, 내 마음을 어떤 계산도 하지 않고 생각하는 순간 행할 수 있도록 고쳐

주세요.'

　다음에 언니를 만날 때는 미리 선물 하나 마련하여 가지고 가겠다고 나와의 약속으로 불편한 하루는 지나갔다. 앞으로도 광화문엔 몇 번이고 갈 것이다. 가더라도 세종문화회관 뒤 공원 나무 의자에는 앉지 말자.

한때의 단상

어머니의 마음

이른 아침이다. 아파트 한쪽 축대 밑 주차장에서 웃음소리가 요란했다. 일찍부터 무슨 일인가 하고 내다보았다. 떠들썩한 자리에는 중년쯤으로 보이는 두 남자와 경비아저씨, 또 할머니 한 분이 계셨다. 서로 웃으며 주고받는 말소리를 정리해 보고 나서야 상황을 알아차렸다.

연로하신 어머니가 일찍 일어나 출근 준비로 바쁜 아들 몰래 물통과 걸레를 살짝 들고나오셨다. 아들 차를 깨끗이 닦아놓으려는 생각이었다. 아들의 기분 좋은 출근길과 탈 없는 하루를 바라는 어머니의 기도 같은 마음이었을 것이다.

어머니가 열심히 차를 닦고 있는데 한 분이 자신의 차를 모르는 분이 닦고 계시는 게 아닌가. "무슨 일이냐, 누구시냐?"고 묻는 중에 아들도 출근하러 나와서 어머니가 남의 차를 닦고 계셨으니 얼마나 놀랐을까. 두 사람의 차가 근처에 비슷한 모양으로 모두 은회색이다.

어머니를 탓하지 않고 잘하셨다고 웃어주는 아들, 차를 닦아주어 고맙고 수고하셨다고 인사하는 차주인, 세차 값 받으시라고 추임새 넣는 경비아저씨, 아니요. 아니요. 손사래 치며 쑥스러워하는 어머니. 모두 함께 웃는다. 훈훈한 풍경에 나도 집안에서 웃는다.

나는 자취생

콩나물이 잘 자랐다. 큰 그릇에 몽땅 뽑아놓으니, 밭에서 캐온 채소만큼이나 많다. 하나하나 콩깍지를 다 벗기다 보면 한 시간 이상 같은 자세로 앉아있어야 한다. 싱크대를 붙잡고 간신히 일어나 정리하고 씻어서 요리한다. 이럴 땐 어김없이 저절로 나오는 말이 있다.

"나 자취생 맞아?"

자신에게 묻는다. 혼자서라도 먹고 살아보겠다고 콩나물까지 직접 기르고 있으니, 끼니를 챙길 때마다 나오는 말이다.

간편식을 좋아하지 않으니 세 끼 모두 밥을 먹는다. 간단하면서도 맛있는 요리는 할 줄 모른다. 인터넷에 음식 만드는 방법이 다 있으련만, 그런 음식이 입에 맞지도 않고 알려고도 않는다. 이러니 옛날 엄마에게서 받아먹던 대로 김치류와 한두 가지 다른 반찬에 국이 없으면 밥이 안 넘어간다. 자연히 식사 준비가 간단하지 않다.

일부러 오일장에도 가끔 간다. 좁은 골목에서 호박 몇 개를 놓고 앉아있는 할머니에게서 달랑 애호박 하나를 사 올 때도 있다. 분주하게 움직이는 사람들 속에서 생기도 얻고 이마에서 흐르는 땀으로 삶을 꾸려가는 서민들의 일상도 본다.

오늘은 무슨 국을 끓일까. 생각하다가 스스로 대답한다. '나는 자취생' 맞다. 앞으로 이보다 더 약해진 몸으로의 자취 생활을 상상해 보며 또 밥상을 차린다.

기분 전환

마음이 낮게 가라앉았다. 이럴 때 나도 모르게 몇 글자라도 쓴다. 과거를 들춰내어 아픈 기억만 줄줄이 썼다. 내 안의 모든 걸 비워버려야 한다는 생각으로 글쓰기를 배우고 있다.

언제부턴가 내부로 들어갈수록 구차하고 새롭고 신선한 것과는 점점 멀어지고 있다는 생각이 들었다. 아무리 캐내어도 내가 누구인지 모르는 일, 내 안의 모든 것들에도 나름의 가치는 있지만, 이제부턴 나를 아프게 들쑤시지 말자고 마음먹는다. 대신 모든 사물을 자세히 보고 그 속에서 나의 새로운 면을 찾자. 무엇이든 자세히 관찰하면 거기에 의미가 생긴다는 것을 수없이 배웠는데, 바보처럼 자신만 들여다보느라 아팠던 걸 이제야 깨닫는다.

기분 전환이 필요했다. 산책길로 걸음을 재촉했다. 자주 오던 곳이지만 그냥 걸었을 뿐, 오늘에야 죽은 듯 줄줄이 서 있는 나무가 제대로 보인다. 옷 벗은 나뭇가지 사이로 파란 하늘이 쏟아진다. 시꺼먼 겨울나무 사이에 초록의 소나무 한 그루가 보란 듯 앞에 턱 버티고 선다. 봄이 왔다고 새들이 바쁘다. 진달래 꽃눈 색깔이 연해지고 나무 밑 땅바닥엔 연두색 이끼가 비단으로 깔려있다. 눈보라를 견딜 수 있는 힘은 어디서 생겨날까. 이끼에서 힘을 얻는다.

연잎이 물속에 박혀 얼어있는 연못가에서 늘 앉던 나만의 자리에 앉아 한참을 햇살과 놀았다. 안에서 밖으로 눈길을 돌려보니 허둥지둥 쫓기는 겨울의 바쁜 수런거림까지 들린다. 내 가슴에도 봄이 왔다.

사주팔자

짧게 명리학 강의를 들었다. 정신과 의사인데, 찾아온 사람 중에는 점을 보고 나쁜 결과에 불안해서 다시 정신과를 찾는 경우가 의외로 많더라고 했다. 이 현상을 어떻게 해결하나 고심하다가 명리학을 공부했다고 한다. 명리학과 정신의학의 접목, 이해시키고 치료하는 데 많은 도움이 되었다는 이야기다.

사주팔자는 원래 스물두 가지라고 한다. 그중 여덟 가지는 누구나 가지고 있다. 열네 가지는 가질 수 없는 것들이고, 여덟 가지는 만족할 수 없어 더 가지려다 보니 힘들고 갈등이 생기고 다툼이 일어난다. 가질 수 없는 열네 가지는 내려놓아야 한다고 강조한다. 그렇다면 나도 여덟 가지는 가지고 있겠다. 그것이 무엇일까. 곰곰이 생각해 가며 손가락을 꼽아본다. 애초부터 무엇이고 큰 것은 바라지도 않았다. 다만 여덟 가지조차도 가지지 못한 줄 알고 살았던 것은 나를 제대로 알지 못했음이다. 이제라도 나에게 있는 것이 무엇인지 찾아보는 것도 앞으로의 삶을 위하여 필요하겠다는 생각이다.

명리학은 나를 알아 가는 공부란다. 무엇이 나의 인생을 이렇게 디자인했는가. 오직 한가지, 성격이 좌우했을 거라는 스스로 찾은 결론이 정답이 아닐까? 모든 사람이 여덟 가지밖에 가질 수 없고 그것을 나도 가지고 있다면 그중 마지막 한 가지가 읽고 쓰는 문학의 언저리에 설 수 있는 복이다.

지금 여기에서 더 가질 것도 부러운 것도 없다.

이숙희 수필집

나에게
준
선물